KB076141

일
주
일

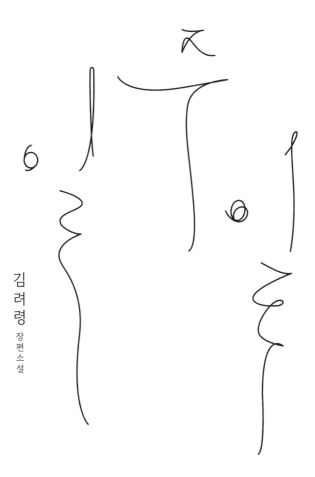

김려령

장편소설

창비

차례

I

이미
추억된 사람이었다

도연이 이 고장 특산차를 한모금 마시고 답례 인사를 했다. 맛있네요, 고맙습니다. 탕약처럼 여기저기 몸에 좋다는 설명이 붙은 맑은 차였다. 김해공항으로 마중 나온 지식정보과 윤계장이 만족하며 환하게 웃었다. 윤계장은 도연의 의전을 맡았다. 그는 도연을 만난 순간부터 이날 행사의 취지와 의미를 거푸 설명했다. 벌써 3회째인 '올해의 책' 행사는 1부 선포식과 2부 북콘서트로 구성됐으며 두시간가량 소요될 예정이었다. 그는 행사가 잘 자리 잡아 도서 선정 과정에서도 주민들의 호응이 매우 좋았다

고 자찬했다. 특히 우리 시장님이 이 행사는 애정으로 챙
기시는데요, 독서 문화가 없는 도시는 잔바람에도 흔들린
다 안 합니까. 오늘 많이 기대하고 계십니다. 더불어 올해
의 책으로 선정된 도연의 책은 지역 도서관 곳곳에 우선
배포됐으며, 차후 반응에 따라 추가 배포할 예정이라고도
했다. 그의 말에 도연과 동행한 편집자 시정이 고개를 끄
떡였다. 올해의 책 기념 로고를 붙인 천팔백부가 이미 K시
에 완납됐다. 차후라. 말은 저렇게 해도 추가로 구입하는
경우는 드물었다.

"오늘 잘 부탁드립니다."

"예에."

흠…… 도연이 속으로 한숨을 쉬었다. 아무래도 말보다
는 글이 익숙한 도연이었다. 말을 오래 하면 쉽게 지치는
지라 체력적으로도 힘들었다. 도연이 워낙 행사를 기피하
니 한 선배가 핀잔을 주기도 했다. 왜 안 하는 건데? 못해
서 못하는 겁니다. 굶어 죽는 법도 가지가지다. 도연은 굶
어 죽는 것도 싫었고 이런 행사로 피가 마르는 것도 싫었

다. 행사에서 나온 질문에 대해 나중에 서면으로 답하면 안 될까. 도연은 현실성 없는 기대를 하며 가만히 차를 마셨다. 차는 진짜 맛있네. 그때, 시립도서관장이 접견실을 찾았다. 오십대 후반 여성으로 화사한 꽃분홍색 정장 차림이었다. 이날 행사의 총 진행을 시립도서관 측에서 맡았다. 관장이 도연에게 명함을 내밀었다.

"시장님이 행사 전에 잠깐 뵙고 싶어 하세요. 괜찮을까요?"

"네."

시장은 기존 시장실 대신 자치행정과 사무실 안쪽 빈 공간에 새 방을 마련했다. 그 때문에 그 방에 가려면 우선 행정과 사무실로 가야 했다. 도연이 도서관장의 안내를 받으며 들어섰다. 직원과 격 없이 친구처럼 일하는 시장이라. 권위를 내려놓고 직원들과 지근거리에서 일하는 모습은 좋지만 여기 직원들은 무슨 고충인가. 시장이 들락날락할 때마다 스트레스가 쌓일 것이었다. 도연은 자신이 시장과 격 없는 사이라면 그런 충고를 해주고 싶었다. 하늘 아래 친구 같은 상사는 없습니다. 친구도 상사가 되면 피곤한 법일진대 상사가 친구인 양 자리하고 있으면 오죽하겠습니까. 선한 마음은 알겠으나 깊은 처사는 아닌 것 같습니다. 직원들이 마음 편히 일하도록 기존 시장실로 돌아가시는 게 어떨는지요. 도연과 시정이 도서관장을 따라 벽과 책상들 사이로 난 좁은 길을 걸었다. 도연이 지나가는 동안 직원들이 잠시 일을 멈추고 인사를 했다. 눈이 마주치면 웃기도 하고, 스마트폰으로 도연의 사진을 찍기도 했다. 도서관장이 시장 사무실 문을 노크하고 바로 열었다.

시장의 방은 듣던 대로 권위적이지 않고 아담했다. 시장은 명패가 놓인 책상이 아닌 중앙의 원탁에 세 사람과 함께 있었다. 도연이 방에 들어서자 원탁에 앉았던 시장과 일행이 서둘러 일어났다. 시장은 원체 유명해서 도연도 한눈에 알아볼 수 있었다. 그리고 또 한 남자. 당신이 왜…… 도연은 얼마나 놀랐는지 다리에 힘이 다 풀렸다. 그는 심지어 양복 깃에 국회의원 배지까지 달고 있었다. 도서관장이 도연을 소개하자 시장이 다가와 악수를 청했다. 책 잘 읽었습니다. 고맙습니다. 시장이 곧 함께 있었던 일행을 소개했다. 한 사람은 구청장, 제복의 남자는 경찰서장, 그리고 그 남자는 이 도시 지역구 국회의원이었다. 도연이 소개에 따라 차례차례 악수를 했다. 마지막으로 그와도 손을 잡았다.

"진유철입니다."

"하도연입니다."

도연과 시정이 시장 일행과 함께 원탁에 앉았다. 행사까지 시간이 빠듯한데 도연 앞에 다시 차가 놓였다. 찻잔 옆으로 도연의 책도 네권 놓였다. 도서관장이 그 와중에 네 사람을 위해 싸인을 부탁했다. 도연은 최대한 태연하게 시장의 책과 다른 두 사람의 책에 먼저 싸인했다. 그리고 유철의 책에도 싸인했다. 반갑습니다. 진유철 의원님께. 하도연 드림.

"오늘 행사에 참석하길 잘했습니다. 고맙습니다."

유철의 인사에 도연은 마땅히 응대할 말이 없어 그저 살짝 웃었다. 싸인을 마치자 시청 직원이 기념 촬영을 했다. 시장과 도연이 가운데 섰다. 시장 옆으로는 경찰서장과 구청장이, 도연 옆으로는 유철과 도서관장이 섰다. 시청 직원이 촬영을 마치자 이번에는 유철을 보좌하는 김보좌관이 자신의 스마트폰을 들었다. 그러더니 도연에게 유철과 한장만 더 찍어달라고 부탁했다. 네, 하고 도연이 유철과 나란히 섰다. 둘이어서 그랬는지 유철이 조금 더 친밀한 포즈를 취했다. 도연의 등 뒤로 가볍게 손을 올리고 고개도 도연 쪽으로 살짝 숙였다. 왜 이러나 이 사람이. 도연이 옆으로 몸을 슬쩍 빼고 김보좌관의 스마트폰을 보며 환하게 웃었다. 찰칵. 이제 행사를 위해 모두 강당으로 내려가야 했다.

일층 강당으로 가는 동안 시장과 도연이 가벼운 대화를 나눴다. 시민들이 투표로 직접 도서를 선정했더니 반응이 더 좋은 것 같습니다. 예에. 우리 시에는 따로 오신 적이 있으십니까? 처음입니다. 이제 자주 오십시오. 예. 그런데 작가처럼 안 생기셔서 못 알아볼 뻔했습니다, 하하하. 도연이 피식 웃었다. 어떻게 생겨야 작가처럼 생긴 것일까. 중성적인 이름 때문에 도연을 남자로 착각한 경우는 있었으나 이런 말은 처음이었다. 시장은 긴장한 도연을 위해 계속 대화를 이어갔다. 그러나 도연은 뒤에 있는 유철이 신경 쓰여 대화에 집중할 수가 없었다. 세상에, 국회의원이라니. 지금 이 남자는 무슨 생각을 하고 있을까. 오랜만입니다, 유철씨. 반면 유철은 도연을 가만히 뒤따르고 있었다. 유철도 도연의 등장에 놀라기는 마찬가지였다. 작가였군. 이 사람을 어떻게 대해야 하나. 입술만 바짝바짝 말랐다. 그동안 잘 지내셨습니까. 어쨌든 잘 오셨습니다. 유철은 이 행사에 참석하기 위해 서울에서 급히 비행기로 날아왔다. 마침 옆 도시에서 경전철사업 간담회 일정이 잡혀 있었다. 조금 서두르면 두곳 모두 참석할 수 있었다. 오는 비행기에서 김보좌관에게 선포식에 관해 간단히

브리핑을 받았다. 유철은 내빈 소개 시에 인사말 정도만 하면 됐다. 주요 일정은 간담회였으므로 간담회 자료에만 집중했다. 시장실에서도 안부를 묻고 사담을 나누느라 정작 책에 대해서는 이야기할 새가 없었다. 기실 행사 참여 목적은 주민들에게 저도 왔습니다, 얼굴 내미는 거였다. 그렇게 참석한 행사였는데 주인공이 도연이었다. 놀랍고 반갑고 당황스러워서 도무지 입이 떨어지지 않았다. 그저 몇년 전에 그랬던 것처럼 이날도 도연 옆에 가만히 서 있거나 뒤에서 천천히 걸을 뿐이었다. 사백여석쯤 되는 강당에는 빈자리가 눈에 띄지 않을 만큼 많은 사람이 와 있었다. 도연의 북콘서트만 있었다면 태반은 비었을 테지만 선포식을 겸하다보니 관계자가 많이 참석했다. 자리는 앞줄 지정석만 비어 있었다. 시장이 주민들에게 손을 들어 인사하고 자리에 앉았다. 함께 입장한 일행도 등받이에 붙은 각자의 이름을 확인하며 의자에 앉았다. 누가 일부러 그런 것도 아닌데 도연과 유철의 이름이 나란히 붙었다. 유철이 도연의 이름을 확인하고 손짓으로 자리를 안

내했다. 고맙습니다. 도연이 자리에 앉았고, 유철도 옆에 앉았다.

행사는 내빈 소개부터 시작됐다. 진행을 맡은 아나운서의 호명에 따라 내빈들의 축사가 이어졌고 마침내 유철의 순서까지 왔다. 다음 분은 오늘 선포식을 위해 열일 제치고 오신 진유철 의원님입니다. 유철이 마이크를 들고 객석을 향해 섰다. 도연은 각종 매체로 어지간한 국회의원들은 접했지만 그중 유철은 없었다. 전국구 스타 의원이 아니니 어쩌면 당연했다.

"안녕하세요. 진유철입니다. 우리 시는 지역 문화 발전에 공을 많이 들이는 도시입니다. 지난번 강변음악제도 그렇고요, 오늘 북콘서트도 그런 취지에서 열었습니다. 앞으로도 시민 여러분과 문화예술인이 직접 만나는 자리를 꾸준히 만들도록 노력하겠습니다. 감사합니다."

이 목소리, 이 억양, 무척 오랜만이었다. 경남 사람이 쓰는 서울말. 혹시 한국분이신가요? 이 한마디만으로 단박에 도연을 사로잡은 유철이었다. 부드럽고 낮은 목소리가 사투리 운율과 잘 어울렸다. 그러면서 표준어를 사용했기에 도연이 알아듣기에도 좋았다. 서울 출생으로 서울에서만 자란 도연은 사투리 쓰는 사람에게 유독 호감을 가졌다. 옆 동네 처녀 총각으로 만나 결혼한 부모님 탓에 도연의 친가 외가는 모두 서울 사람이었다. 그래서였는지 도연은 사투리를 쓰는 사람을 만나면 독특한 어감에 무작정 끌렸다. 그런데 한국도 아닌 이스탄불에서 그런 남자가 다가왔다. 처음부터 좋았고 같이 있어보니 더 좋았다. 헤어질 때에도 나쁘지 않았다. 먼저 가서 미안해요. 네. 도연은 유철을 그렇게 배웅했다. 배웅했으므로 끝난 남자라고 생각했다. 이런 장소에서 이런 모습으로 만나리라고는 상상도 하지 못했다. 인사말을 마친 유철이 올라간 접이식 의자를 내리고 다시 앉았다. 왜 다시 만났나. 도연은 낯선 도시에서 만난 유철이 반가우면서도 씁쓸했다. 만난 적이 없었던 사람들처럼 서로 외면하고 맥없이 다른 곳만 봐야 했다. 아나운서의 진행에 따라 국기에 대한 경례를 하고 기계적인 박수를 칠 뿐이었다.

"전업주부예요."

"대학에서 시간강의 하고 있습니다."

도연과 유철은 자신들을 그렇게 소개했었다. 서로 의심 없이 받아들였는데 소개한 모습이 마침 어울린 때문이었다. 그러나 유철은 비례대표를 거쳐 지역구에서 당선된 재선의원이었고, 도연은 꼬박 십년간 글을 쓴 작가였다. 처음 만난 그때도 유철은 국회의원이었고 도연은 작가였다. 도연과 유철은 상대의 거짓말에 대한 황당함과 어쨌든 서로 몰라봤다는 민망함에 적이 당혹스러웠다. 비례의원으로 의정활동을 시작한 유철은 올해 마흔셋, 스물일곱에 등단한 도연은 이제 서른일곱이었다. 둘은 조금 젊었을 이년 전에 이스탄불에서 만났고 짧게 사랑했다. 일주일. 그러나 귀국할 때에는 연락처 하나 묻지 않고 헤어졌다. 쉬러 왔다는 공감대가 있었다. 서로 상대가 무엇으로부터 쉬려는지 따위는 묻지 않았다. 무엇에든 지쳤을 테

고 그것을 피해 같은 곳으로 왔다는 것이 중요했다. 사정
상 일정이 급한 유철이 먼저 귀국했다. 도연은 조금 더 머
물며 꼭 한달을 채우고 귀국했다. 돌아와서는 각자의 일
에 충실했다. 귀국과 동시에 두 사람 모두 정신없는 일정
을 소화해야 했기에 그곳의 일주일은 가슴에만 간직했다.
유철은 지난해 총선에서 경남 K시 지역구 국회의원으로
출마해 오로지 선거에만 집중했다. 도연은 한 계간지에
장편소설을 연재하며 꼬박 일년을 매달렸다. 결과는 모두
좋았다. 유철은 재선에 성공했고, 도연은 무사히 연재를
마쳤다. 도연의 원고는 책으로도 출간돼 이번 K시 올해
의 책으로 선정됐다. 그리고 둘이 다시 만났다. 반갑습니
다. 네. 도연이 헤어진 유철을 전혀 염려하지 않은 것은 아
니었다. 유철이 자신을 알아보는 날이 올지도 몰랐다. 어
쩔 수 없이 자신의 일부를 대중에게 드러낼 수밖에 없는
직업이었으니까. 그렇다 하더라도 그라면 그랬구나, 하고
웃어줄 것 같았다. 조근조근 말하며 가만히 듣는 남자였
다. 크게 웃기도 했지만 대개는 환한 미소를 지어서 가만

히 따뜻했다. 그랬기에 혹여 자신을 알아본다 해도 꼭 그런 미소를 지을 것만 같았다. 언젠가 우연히 스치면 나도 그렇게 웃어줘야지. 도연은 그와 다시 스치는 찰나마저 좋은 추억이 될 사이이길 바랐다. 그러나 현실은 달랐다. 보자마자 얼마나 놀랐는지 웃음은커녕 심장만 내려앉았다. 게다가 정치인이었다. 도연이 정치인을 딱히 저어하는 것은 아니었다. 다만 그때의 유철에게서는 정치인이 전혀 읽히지 않은 탓이었다. 학교의 남자에서 국회의 남자로의 이미지 전환이 쉽지 않았다. 그 조용한 사람이 어깨띠를 두르고 선거운동을 했다고? 묘하게 매력 있네. 도연은 그런 유철을 옆에 두고 제 순서를 기다렸다.

2부 북콘서트. 도연이 무대에 마련된 테이블 앞에 앉아 아나운서와 이야기를 나눴다. 그 모습을 유철이 객석에서 지켜보았다. 도연이 키득키득 웃을 때는 이스탄불의 그녀가 분명했지만 전체적으로는 다른 모습이었다. 아닙니다. 네. 단호하게 똑똑 떨어지는 말투가 낯설었다. 당신 정체

가 뭡니까. 혹시 내 생각 했습니까. 나는 그랬습니다. 유철
역시 도연이 이런 모습으로 나타날 줄은 전혀 예상하지
못했다. 유철이 생각하는 '작가'는 대쪽 같은 강단이 먼저
였다. 작가들에게서는 조도 낮은 조명이 떠오르는데, 도
연에게서는 필라멘트 빛나는 환한 유리 전구가 떠올랐다.
그녀는 삶과 죽음을 태연하게 말하는 작가가 아니라 차라
리 소설 속 등장인물이 더 어울렸다. 그런데 작가라니. 헤
어지고도 잊지 않았다. 간절하게 보고 싶기도 했었다. 다
시는 만나지 못할 것을 알기에 더욱 그러했다. 지름길은
없습니다. 미련해 보여도 많이 읽고 많이 쓰는 수밖에 없
습니다. 서두르면 놓치는 게 있기 마련이고 조급하면 건
너뛰게 마련입니다. 유철은 홀연 나타난 도연에게서 눈을
떼지 못했다.

　"저는 아이 둘 키우는 엄마입니다. 이런 자리는 처음 와
보는데요, 와보니까 시장님도 계시고 의원님도 계시네요.
작가님은 아실지 모르겠지만, 여기는 애들 급식 때문에
난리도 아니었습니다. 뽑아놓은 사람이 중단한다니까 믿

고 따라야 하는지, 아니면 그건 아니라고 지적해야 하는지, 정치인과 시민 간의 거리를 어떻게 둬야 할지 모르겠습니다. 작가님 생각을 들어보고 싶습니다."

"경남 급식 문제는 저도 들었습니다. 있는 집 애들은 돈 내고 먹으라는 건데요, 학교는 교우의 장소입니다. 친구를 부와 가난으로 가를 수는 없습니다. 아무리 가난해도 집에 온 부잣집 친구한테 밥값 받는 부모는 없잖아요. 학교가 아이들을 부모의 눈으로 봐야지 행정의 눈으로 보면 되겠습니까. 안타까운 일이었습니다. 그리고 정치인은 시민에게 견제의 대상입니다. 그렇다고 막무가내 견제면 안 되겠지요. 그 견제의 거리를 생각해봐야 할 것 같습니다. 사람간 애정의 거리를 백으로 놓고 보죠. 이때 정치인과 시민간 애정의 거리는 육십, 견제의 거리는 사십, 이렇게 백을 채우면 애정을 바탕으로 한 견제가 가능하지 않을까요? 사랑하는 거 알지? 근데 그건 아니잖아, 이 정도요. 제 생각입니다."

북콘서트였지만 시민들은 도연과 함께 지역의 안타까

운 현실을 이야기했고, 더불어 함께한 시장과 정치인들에게 이런 식으로 에둘러 속마음을 표현하기도 했다. 그 마음을 잘 알기에 도연도 질문에 이물감이 들지 않도록 성심껏 답변했다. 한시간 예정이었던 북콘서트가 그새 끝나고 도연이 싸인회 준비를 했다. 유철은 간담회 일정으로 더는 그곳에 있을 수 없었다. 시장이 도연에게 다가가 먼저 자리를 뜨는 것에 양해를 구했다. 괜찮습니다. 유철도 도연에게 손을 내밀었다. 도연이 그의 손을 잡았다.

"또 뵙겠습니다, 작가님."

"예, 의원님."

*

이스탄불에서 유철의 숙소는 블루모스크 뒤편에 있었다. 인천공항에서 이미 탑승한 비행기가 영문 모를 사정으로 네시간이나 연착됐었다. 관제탑의 승인을 기다리는 중이라는 기장의 안내 방송이 있었지만 승인이 나지 않는 이유까지는 알 수 없었다. 이스탄불 아타튀르크공항 도착 시간도 그만큼 밀렸다. 일정대로라면 오후 다섯시쯤 숙소에 도착해야 했다. 유철은 이스탄불이 처음이었다. 그 때문에 첫날은 숙소 근처에서 이른 저녁을 먹으며 낯선 풍경을 한가로이 만끽하려고 했었다. 그러나 출발이 뒤틀려 아타튀르크공항에서 호텔 픽업 기사를 만났을 때는 이미 아홉시를 넘겼다. 공항에서 호텔까지 또 사십여분이 소요됐다. 공항에서 출발한 호텔 밴이 이스탄불 시내의 큰길과 인가의 좁은 골목길을 넘나들며 쉼 없이 달렸다. 거리는 매우 어두웠고 인적도 드물었다. 네온싸인이 반짝이는 한국의 화려한 밤과는 대조적이었다. 이 시간의 이스탄불은 한밤이었다. 블루모스크 뒷길에는 관광호텔들이 촘촘히 늘어서 있었다. 그중 하나가 유철의 숙소였다. 예정보다 늦은 도착이 마음에 걸렸던 유철이 기사에게 팁을 조금 더 얹어주었다. 그가 유철의 트렁크를 들었다.

"괜찮습니다. 제가 들겠습니다."

유철이 프런트에서 체크인을 마치고 방으로 올라왔다.

트렁크를 구석에 밀어놓고 일단 침대에 누웠다. 어쨌든 숙소에 도착한 것에 안도했다. 피로가 몰렸다. 낯선 곳에서 어두운 밤을 거닐 용기도 나지 않았다. 유철은 그 밤의 외출을 포기하고 뜨거운 물로 샤워했다. 기내식 덕에 저녁을 따로 먹지 않아도 될 것 같았다. 그동안 하루에도 몇 개씩 되는 일정을 소화해야 했다. 그것에서 겨우 벗어났는데 자신이 정한 일정에 스스로 압박받고 싶지 않았다. 고작 일주일이었다. 일주일 뒤에는 다시 빡빡한 일정 속으로 돌아가야 했다. 귀국과 동시에 국정감사 체제로 돌입해야 했다. 임기 내 마지막 국정감사였다. 여기서는 일정 따위는 없다. 유철은 여행 중 하고자 했던 일들을 모두 지웠다. 아무것도 하지 않는다. 새로 정한 일정이었다. 샤워를 마친 유철이 냉장고에서 캔맥주를 꺼내 소파에 앉았다. 그리고 맥주를 단숨에 반이나 들이켰다.

벌써 8월이었다. 국회의원은 휴가 기간이 따로 정해진 것은 아니어서 휴가를 자유롭게 활용할 듯 보이나 실상은 그런 이유로 쉽게 정하지 못했다. 언제 가도 된다는 것이 오히려 언제 가기에도 애매한 상황이 되고는 했다. 유철은 휴가 때 주로 고향에서 며칠을 지냈는데 이번에는 사정이 달랐다. 나라 밖에서 처지를 돌아보고 싶었다. 안에서는 결국 같은 생각만 할 것 같았다. 비례대표 국회의원 사년차. 정치에 대해 심사숙고해야 할 시기였다. 유철이 정치인이 되기 전에는 한 지방대학에서 인문학 강의를 했었다. 정치에 관해서는 트위터에 가볍게 몇 문장 남기는 것이 고작이었다. 가능하다면 국회의 돔을 주기적으로 열어서 환기시키십시오. 의원들의 막힌 사고에 도움이 될 듯합니다. 인턴으로 국회에 보낸 것이 아닙니다. 능력을 보여주십시오. 밥은 굶은 다음에 먹는 것이 아니라 굶기 전에 먹는 겁니다. 그 정도였지 현실 정치인이 될 생각은 추호도 없었다. 가능성도 없었다. 그런 그에게 비례대표 제의가 온 것은 뜻밖이었다. 당시 제1야당의 한 중진 의원이 유철을 찾았다. 그의 대학 선배였다.

"후배님 소식은 종종 들었습니다."

그는 찾아온 목적이 분명했기에 불필요한 서론 없이 곧장 본론을 꺼냈다. 함께 합시다. 그는 유철이 대학 때 학생회 임원으로 활동한 전력을 알고 있었다. 유철은 뭐 하나 맡으면 어쨌거나 열심인지라 임기 동안 책임감 있게 행동했다. 선배 의원은 그중 유철이 학생 인권 문제로 학교 측과 격렬하게 대립했던 사건을 떠올렸다. 당시 교내에 성추행 사건이 발생했었다. 피해 학생이 고심 끝에 교내에 대자보도 붙였다. 그것을 학교 측이 처참히 뜯어냈다. 그것도 부족해 그녀에게 징계까지 내렸다. 학생회가 즉각 반발 성명을 냈다. '성추행 교수를 최고 수위로 처벌하고 징계를 즉각 철회하라.' 더불어 학생인권위 설립도 강력하게 요구했다. 학교 측은 그 교수를 정교수로 승진시킴으로써 학생회와 대립각을 세웠다. 총장과의 면담은 번번이 무산됐다. 결국 학생회 임원 몇이 총장실을 점거하기에 이르렀다. 그러나 그들은 학교 측 요청으로 투입된 경찰에 무자비하게 끌려 나갔다. 그럼에도 항의 시위는 계속 이어졌다. 결국 외부에 이 소식이 알려졌다. 학교 측은 그제야 징계를 철회했고 학생인권위 설립을 검토하겠다는 뜻을 밝히며 한발 물러났다. 그러나 피해 학생이 견딜 수 없는 모욕감으로 스스로 학교를 떠났다. 유철로서는 절반의 성공도 거두지 못한 사건이었다. 사건은 오래지 않아 잊혔고 학생인권위는 유철이 졸업할 때까지도 설립되지 못했다. 그런 시절이었다. 무기력이 상실로 이어져 끝내 결실 없이 떠나게 되는. 저는 투사가 못 됩니다. 시대가 바뀌면 투사의 모습도 바뀌는 겁니다. 선배 의원이 비례대표 영입 방침을 상세히 밝히지 않았으므로 유철은 자신의 무엇이 그에 충족됐는지 알 수 없었다. 젊고 새로운 인재로 당을 혁신한다,는 모토를 걸었지만 자신이 어느 방면의 인재인지도 가늠되지 않았다. 한번을 거절했고, 두번을 거절했다. 세번째 그가 찾아왔을 때 유철이 물었다.

"제가 쓸모가 있기는 한 겁니까?"

선배 의원이 지긋이 웃으며 그의 질문을 승낙으로 받았다.

당시 당은 매우 혼란한 상태였다. 총선을 앞두고 당과 뜻을 달리하는 의원들이 무더기로 탈당해서 새 정당을 만들었다. 국민들이 쟤들 뭐냐, 하는 사이에 막차 타듯 서둘러 나간 의원도 있었고, 타이밍을 놓친 것인지 전략적 잔류인지는 모르겠으나 건드리면 나도 나간다, 하는 협박성 포지션으로 비장하게 남은 의원도 있었다. 당대표를 무시하듯 중진들의 목소리가 크게 새어나오기도 했다. 나갈 사람들은 다 나갔지 했는데 적통임을 내세우는 또다른 쪽에서 정통성 문제로 당대표를 흔들었다. 국민들이 저것들은 언제 정신 차리려나 할 무렵 총선이 코앞으로 다가왔다. 공천과 비례대표 영입이 서둘러 진행됐다. 말이 좋아 혁신위원회 단독 작품이지 계파간 요구에서 자유롭지 못했다. 인재 영입보다 더 골치 아팠다. 그 때문에 누구는 입당과 동시에 누구 쪽 사람으로 분류되기도 했다. 유철은 순수하게 전략적으로 입당시킨 비례대표 후보였다. 당의 여러 구호 중 '생활인의 생활 연구형 정치', 이 항목에 맞아떨어졌다. 화려한 경력은 없어도 이만하면 아무나 데려왔다는 말은 듣지 않을 거였다. 아니, 화려한 경력이 없는 보통 사람이어서 만족한 케이스였다. 계파 싸움은 비례대표 순번을 놓고도 치열했다. 이익 없는 양보가 있을 리 없었다. 이 싸움은 지지자들로부터 지지 철회 소리를 들을 만큼 흉했다. 정당 투표에서는 타당을 선택하겠다고 선언하는 당원도 늘었다. 그 바람에 서둘러 협상을 마무리했고 유철은 당선 마지노선의 순번을 배정받았다. 당시 유철을 유심히 지켜본 사람이 당대표였다. 그의 선거 유세 모습에 마음이 끌렸다. 진중하고 겸손했다. 목청을 높이지 않고 가만히 말해도 청중들은 고개를 끄떡였다. 당대표가 더 아래였던 유철의 순번을 마지노선까지 끌어올린 이유였다. 비록 비례대표일지라도 유철이 가진 천심의 운명을 지켜보고 싶었다. 천심으로 당선된다면 차후를 기대해볼 만한 인물이었다. 그리고 당선됐다. 유철은 당선 이후 국방위원회 간사로 활동했다. 개원과 동시에 유철과 그의 보좌진은 밤낮을 구별하지 않고 뛰어다녔다. 업무량도 많았고 유철 스스로 공부해야 할 것도 많았다. 그러나 정작 힘든 것은 과도한 업무가 아니었다. 온갖 정치적 이해관계가 그를 지치게 했다. 소수 의견이 가장 잔인하게 묵살되는 곳이 정당이었고, 권력자의 성역이 어디보다 강고한 곳 또한 정당이었다. 학교로 돌아가자. 그러던 차에 당직에서 물러나 일찌감치 대선 행보를 걷던 전 당대표가 그를 찾았다. 진의원님, 경남 한번 갑시다. 그 때문에 유철은 생각해둔 말을 목 위로 올리지 못했다.

"생각 좀 하고 오겠습니다."

그렇게 떠난 이스탄불행이었다. 의정활동을 끝낼지 연장할지에 대한 명료한 답을 찾아 소신을 밝혀야 했다. 그것은 자신에게도 꼭 필요한 답이었다. 비례의원 하나 정치판 떠난다고 아쉬워할 사람은 아무도 없었다. 여의도에는 공천에 목매는 사람이 넘쳤다. 그동안 발의안만 만들어놓고 말도 못 꺼낸 안건이 수두룩했다. 이해할 수 없는 압력과 회피로 포기해야 하는 일도 많았다. 그럼에도 국회는 돌아갔고, 다들 멀쩡해 보이는 그 안에서 유철은 외로웠다. 일이 즐겁지가 않아. 왜일까. 유철은 그에 대한 답을 국회와 먼 곳에서 찾고 싶었다. 오래전 선배 의원이 찾아온 그때, 상황이 조금만 괜찮았어도 그의 제의를 단칼에 거절했을 거였다. 속이 뻔히 보이는 입당 제의였다. 당선을 보장하지 않아도 되는, 당선되지 않아도 크게 문제 삼지 않을 인물. 어느 자리에서 누군가에 의해 유철이 거론됐을 테고, 모양새 갖춰 그럭저럭 써먹기에 적당한 인물로 낙점됐을 거였다. 유철이 그 정도도 모를 만큼 순진하지는 않았다. 그저 그들이 본 만큼으로 행동했을 뿐이었다. 모든 것을 다 내려놓고 훌쩍 떠나고 싶은 때였다. 결혼 생활은 뒤틀릴 대로 뒤틀렸고 외부에마저 이상한 부부로 낙인찍혀 사회 생활이 어려울 지경이었다. 아내가 미쳤거나 남편이 미쳤거나 둘 다 미쳤거나. 유철의 삶 전반이 흔들리고 있었다. 무엇을 어떻게 바로잡아야 할지 모를 정도로 무기력했다. 돌파구가 보이지 않았다. 아무도 모르는 곳으로 도망치고 싶었다. 눈이 떠졌으니 또 하루를 살 수밖에 없었던 날들. 그때 마침 찾아온 선배였다. 그가 저 세계를 떠날 구실을 만들어준 것이다. 당연히 당선은 기대도 하지 않았다. 선거로 잠시 숨을 돌렸다가 낙선되면 또 그것을 핑계로 다른 어떤 걸 찾아볼 생각이었다. 그런데 당선이 되고 말았다. 운명에 텅 치인 것만 같았다. 적지 않은 충격이었다. 정치인이라니. 아주 나쁘지도 아주 좋지도 않았다. 어쨌든 선택한 길과 선택되어진 길 앞에 선 순간이었다. 난 길로 그대로 갈 수밖에 없는. 여의도는 그렇게 도착한 곳이었다. 무언가를 따질 겨를도 없이 그 길밖에 없어 도망쳐온 피난처였다. 어떻게 해야 하나. 힘들 때 받아준 곳이니 괴로워도 더 머물러야 하나. 착잡했다.

다음 날, 유철은 본격 여행의 첫날을 느긋하게 보냈다. 늦게 일어나 여유롭게 호텔 조식을 즐겼다. 다시 방으로 돌아와 맥주캔을 창틀에 놓고 담배를 물었다. 가까운 블루모스크에서 기도 시간을 알리는 종소리가 울렸다. 모스크 앞에는 광장이 있다고 들었다. 유철이 지갑과 담배와 휴대전화를 챙겨 밖으로 나갔다. 가볍게 산책이나 할 생각이었다. 호텔 밖은 전날 차분한 밤과는 전혀 다른 모습이었다. 닫혔던 상점들이 문을 열었고 오가는 행인이 많았다. 비로소 관광지다운 풍경이었다. 광장은 호텔 골목 바로 앞부터 시작됐다. 술탄아흐메트광장. 그곳에서 종소리가 울린 블루모스크를 볼 수 있었다. 유철은 광장이 마음에 들었다. 현지인과 외지인의 비율이 거의 같았다. 어느 쪽이 더하거나 덜하지 않아 서로를 의식한 질서와 자유가 공존했다. 블루모스크와 아야소피아박물관도 적당히 떨어져서 마주 보고 있었다. 유철은 광장을 둘러보다가 물이 나오지 않는 분수대 근처 벤치에 앉았다. 그 자리에서 담배를 물었다. 공기와 연기를 함께 느끼며 태우는 담배가 얼마 만인가. 갓 빻은 커피콩 냄새가 나는 듯했다. 유철은 그대로 이스탄불을 만끽했다. 유철이 막 국회의원이 되고 방문했던 한산한 앙카라와는 달랐다. 한국전쟁 참전 터키군을 기념하는 자리에 국방위원 자격으로 방문했었다. 그땐 기념식을 마치고 한국공원을 둘러본 것이 관광의 전부였다. 터키에 언제 다시 한번 와야지, 하고 찾은 이스탄불이었다. 유철이 성당에서 사원으로, 사원에서 다시 박물관으로 개조된 아야소피아박물관을 보았다. 지붕의 돔이 국회의 그것과 닮았다. 저 지붕을 여기서도 보는군. 그리고 눈을 돌리면 블루모스크의 돔이 또 보였다. 국회를 떠나 멀리 왔건만 저놈의 돔은 피할 수 없었다. 마치 신이 그 광장으로 인도한 것만 같았다. 잘 생각해봐. 유철이 헛웃음을 지으며 일어났다. 관광 안내책자를 든 한국인들이 유철 앞에서 서성였다. 저게 성당이고, 저게 모스크지? 어디부터 갈까? 유철은 그들을 피하지 않았다. 이슈 없는 비례대표 의원을 알아보는 사람은 드물었다. 좋아. 정치에 무관심했든 정치인에게 무관심했든 뭐라도 좋았다. 지금의 자유가 그것에서 비롯된 때문이었다. 유철이 걸어 걸어 광장 위로 난 도로까지 나왔다. 마침 트램이 지나갔다. 유철이 곧장 트램 정류장으로 갔다. 정류장 한쪽에 놓인 토큰 판매기에서 플라스틱 토큰도 뺐다. 그러고는 다음에 도착한 트램에 무작정 올라탔다.

유철이 출입문 옆에 자리 잡고 차창 밖을 보았다. 관광지답게 도로 양쪽으로 기념품점과 음식점이 빼곡했다. 가게들 사이에 놓인 소파에서 한가로이 물담배를 피우는 노인들도 보였다. 유철이 물담배를 유심히 보다 저걸 한번 해봐야 하는데, 하는 사이 트램이 시장통의 큰길로 나왔다. 탁 트인 바다가 보였다. 유철이 예상 못한 풍경이었다. 바다를 가로지르는 다리에서 낚시하는 사람도 제법 많았다. 바닷가 주변의 생동감이 좋았다. 멀리서도 보이는 그릴 연기와 좌판에 수북이 쌓인 길거리 음식도 좋았다. 뜻밖의 장소를 발견한 유철이 몸을 돌려가며 바다 주변을 살폈다. 다리 양쪽으로 정박한 유람선이 줄지어 서 있었고, 운항 중인 유람선 하나가 막 다리 밑을 통과하고 있었다. 해안가에 늘어선 음식점 풍경이 마치 한국의 횟집 많은 항구 같았는데 그쪽으로 사람들이 붐볐다. 근데 터키에서도 회를 먹나? 유철이 그런 생각을 하는 동안 트램이 바다 위 긴 다리를 건넜다. 내려서 바다를 더 볼지 말지 결정도 못했는데 시내로 들어섰다. 바다는 이미 뒤로 물러

낳다. 그런데 한번 내릴 생각을 했더니 거기가 어디든 내려야 할 것만 같았다. 유철은 트램이 정차한 다음 정류장에서 내렸다. 대로변엔 상점들이 많았지만 뒤쪽은 주택가인 평범한 동네였다. 여기는 또 어디인가. 유철이 스마트폰으로 구글맵을 켰다. 자신이 이스탄불의 어느 곳에 붉은 점으로 찍혀 있었다. 지도가 어디인지 위치를 알려줘도 어차피 모르는 곳이었다. 유철이 지도를 이리저리 움직여보니 저쪽 어디에 광장이 또 있었다. 탁심광장이라. 가보자. 유철이 지도를 살피며 가는 길을 대충 파악했다. 먼저 길을 건넜고 건넌 길과 연결된 비탈길로 들어섰다. 이쯤에서 오른쪽으로 가야 할 것 같은데, 하고 옆을 보니 그리 높지 않은 돌계단이 있었다. 중턱에 자란 큰 나무를 피해 자연스럽게 굴곡진 계단이었다. 그 계단 끝자락을 한 여자가 오르고 있었다. 흰 티셔츠에 무릎까지 오는 베이지색 플레어스커트를 입고 있었다. 그 차림에 베이지색 하이탑 스니커즈를 신었다. 그녀는 뒷짐 지고 계단을 천천히 올랐다. 손에는 지갑과 휴대전화 정도만 들어갈 작

은 가방을 들고 있었다. 손잡이 옆으로 생수병이 튀어나
올 정도였다. 그리고 유철이 계단 중간쯤 올랐을 때, 그녀
가 사라졌다.

*

유철이 계단을 다 올라왔을 때, 도연은 계단과 조금 떨
어진 한 가게 안을 살피고 있었다. 유철이 도연의 옆얼굴
을 보니 아무래도 한국인 같았다. 동양인은 생김새가 비
슷해 왜냐고 묻는다면 딱히 한국인만의 도드라진 특성을
말할 수는 없었다. 그것은 자국민을 대했을 때 오는 찰나
의 느낌이었다. 우리나라 사람. 도연이 한국인이 아니라
도 상관없었지만 유철은 그냥 그렇다고 믿었다. 그러면
서 이스탄불에 한국인이 많구나, 했다. 그런데 도연이 가
게 안을 얼마나 유심히 보는지 그냥 지나칠 수가 없었다.
뭐지? 궁금증에 결국 같이 들여다보고 말았다. 작은 페인
팅 페도라 전문점이었다. 주인이 직접 그림을 그렸는지

모자마다 그림이 다 달랐다. 그림 자체가 장식인 모자들이 근사했다. 아들 하나 사다줄까. 아동용은 없나. 들어가 물어보고 싶어도 유철은 터키어를 할 줄 몰랐다. 유철은 간소한 차림의 도연이 아무래도 교민 같아 조심스럽게 말을 걸었다.

"저기, 혹시 한국분이신가요?"

"네? 아, 네."

"아들 모자 하나 사주고 싶은데, 여기 말을 할 줄 몰라서요."

"저도 못해요."

"아…… 교민이신 줄 알았습니다."

"아니에요. 쉬러 왔어요."

"네에. 근데 뭘 그렇게 보시는 거예요?"

"저기 어린 왕자 그려진 거 예쁘죠?"

"예. 사시려고요?"

"어제도 봤는데 칠만원이나 해요."

"어제 오셨어요?"

"이주일 됐어요."

예에, 이 집 모자가 비싼가보네요. 수제품이라 가격이 좀 나가는 것 같아요, 하다가 어느새 둘이 나란히 걷고 있었다. 좁은 주택가 골목을 천천히 걷다가 거의 골목 끝에 다다랐을 때쯤 유철이 물었다.

"탁심광장이라고 아세요? 여 근처 같은데요."

"거긴 신시가지예요. 여긴 구시가지고요."

"여기서 가까운 게 아니었습니까?"

"걸어갈 만큼은 아니에요. 저기서 오른쪽으로 가면 버스 정류장 나와요."

"예에. 고맙습니다."

도연이 고갯짓으로 살짝 인사하고 먼저 앞서갔다.

도연은 주택가를 좋아했다. 창가에 널린 빨래도 좋았고, 가게 앞에 내놓은 현지 채소나 과일을 보는 것도 좋았다. 과장되지 않은 수수함이 주택가의 매력이었다. 도연이 한집 한집 눈에 새기며 걷다가 어느 초록색 대문 앞에 옹

기종기 모인 꼬마들을 발견했다. 살며시 가보니 예닐곱살 된 꼬마 넷이 소꿉놀이 중이었다. 도연이 좀더 다가가 허공에 노크했다. 똑똑. 꼬마들이 일시에 돌아보았다. 도연이 안녕, 차 한잔 줄래요? 하며 찻잔을 가리키자 꼬마들이 대번에 알아들었다. 한 아이가 소꿉놀이 찻잔에 차를 타서 내밀었다. 아이는 그것을 애플티라고 했다. 고맙습니다. 도연이 차를 마시는 시늉을 하다가 앗 뜨거워! 하고 놀랐다. 차를 내준 꼬마는 걱정하며 놀라고 나머지 셋은 깔깔깔 웃었다. 내 이름은 하도연, 너희는 이름이 뭐야? 투쎄, 아흐멧, 하티제, 아이샤. 꼬마들은 도연을 하도옌으로 발음했다. 그러면서 도연이 자신들을 부를 때마다 크게 웃었다. 그러나 노는 데에 서툰 발음은 아무 문제가 없었다. 세계 어디에도 언어가 다르다고 함께 놀지 못하는 아이들은 없다. 아이들은 언어가 아니라 놀이 자체로 통한다. 잠시 꼬마들과 놀던 도연이 깜짝 놀랐다. 저 앞에 유철이 서 있었다. 저 사람이 왜 이쪽으로 왔을까. 도연이 얼른 가방에서 태극 문양이 새겨진 한국 우표를 꺼냈다. 그것을 꼬마들에게 한장씩 선물했다. 대접 받은 차에 대한 답례였다. 이제 헤어져야 했다. 차 잘 마셨습니다. 호쉬차 칼! 컬레컬레! 꼬마들도 도연을 기쁘게 배웅했다. 도연이 곧바로 유철에게로 갔다.

"왜 이리로 오셨어요?"

"오른쪽으로 가라면서요."

"아…… 죄송해요, 왼쪽이라고 한다는 게."

유철은 신께서 방향 감각을 제거하고 도연을 만든 사실을 몰랐다. 도연은 왼쪽 지시등을 켜고 오른쪽으로 달리거나 유턴 지점에서 직진하는 차와 같은 감각을 가지고 있었다. 의식은 분명 왼쪽이었으니 오른쪽이라고 말한 사실조차 인지하지 못했다. 유철이 픽 웃었다. 탁심광장은 딱히 갈 이유도 없었다. 가다보면 나오겠거니 나선 참이었다. 골목에서 도연이 오른쪽으로 가면,이라고 해놓고 자신이 먼저 그쪽으로 가기에 그저 방향이 같은가보다 했다. 도연의 걸음이 너무 느려서 걷다 쉬다 반복하며 거리를 유지했었다. 꼬마들과 노는 모습도 재미있었다. 뭐 하는 사람일까. 저렇게 잘 노는 사람이 무엇을 피해 쉬러 온 것일까, 하며 도연을 지켜봤다.

"정류장까지 바래다드릴까요?"

"네."

도대체 정류장이 어디기에 계속 같은 곳을 뱅뱅 도는 것일까. 유철은 뒷짐 지고 도연이 가는 대로 가만히 따라다녔다. 동네를 몇번 도니 이제는 도연이 어느 쪽으로 방향만 틀어도 음, 거기가 또 나오겠군, 하고 따라갔다. 그러면서 도연이 터키를 두번째로 방문한다는 것을 알았고, 사실은 방향 감각이 매우 안 좋다는 고백을 들었다. 그런 것 같습니다, 생각하며 유철이 웃음을 꾹 참았다. 여행 온 사람들은 바쁘고 힘들잖아요. 가는 중에 길이 잘못되면 짜증나죠. 미안해요. 도연의 말에 유철이 그저 웃었다. 자신은 목적지가 없었고 바쁘게 움직일 여행자가 아니었다. 그러나 아니라고 괜찮다고 도연의 사과를 돌려주지 않았다. 자신이 받은 사과였으므로 자신의 것이었다. 다정하고 순한 사과가 마음에 들었다.

"물 마실래요?"

도연이 뜬금없이 생수를 내민 바람에 유철이 더는 참지 못하고 웃음을 터뜨렸다. 뭐가 그리 미안했는지 반밖에 남지 않은 제 생수를 유철에게 내밀었다. 주세요, 하고 유철이 생수를 받아 다 마셔버렸다. 그러고 다시 도연이 가는 대로 갔던 길을 또 가며 말없이 걸었다. 솔직히 말해보세요. 이 동네에 버스 정류장 없지요? 이 정도 헤맸으면 도연이 안쓰러워서라도 정류장이 스스로 나타나줘야 했다. 도연은 분명 한번 왔던 길도 생전 처음 온 길처럼 걸었다. 두갈래 길이 나오면 신중하게 살피다가 역시 또 갔던 길로 갔다. 그런 식으로 이스탄불의 한 동네를 미로처럼 헤맨 도연이 결국 심각한 얼굴로 말했다. 잠깐 쉬었다가면 안 될까요? 얼마나 돌고 돌았는지 유철도 익히 알고 있는 페도라 전문점 골목까지 나왔다. 원점이었다. 유철이 돌계단에서 쉬자고 했고, 둘은 계단 중턱 나무 화단 옆에 나란히 앉았다. 도연이 말했다.

"다리 아프죠? 아까 저기 골목에서 좀 쉴 걸 그랬어요."

"괜찮습니다. 그런데 모두에 쉬러 오셨다고 하셨지요?"

"모두에? 그런 단어를 일상에서도 쓰시네요? 하하하."

"그게…… 강의하던 버릇이 남았나봅니다."

"아아, 하시는 일 물어봐도 돼요?"

"대학에서 시간강의 하고 있습니다."

도연이 개강하지 않았느냐고 물었고, 유철이 이번 학기
에는 강의를 잡지 못했다고 했다. 핑계 김에 쉬는 거라고.
도연은 더 깊게 묻지 않았다. 쉬러 온 이유를 집요하게 묻
고 싶지 않았다. 그가 타인의 호기심을 충족시킬 이유도
없을뿐더러 도연도 그런 일에 오지랖 떠는 성정이 아니었
다. 그 사람이 그렇다면 그런 것이다. 유철도 도연에게 하
는 일을 물었다.

"전업주부예요."

"네에. 아이는요?"

"딸 있어요."

유철 역시 가만히 고개를 끄떡였다. 멋진 남편을 두었

군. 아내를 긴 시간 혼자 여행 보내는 남편이 많지 않을 거였다. 유철이 도연에게 혹시 이곳에 연고가 있느냐 물었더니 그렇지도 않다고 했다. 그저 이곳이 좋아서 오래 머물고 있을 뿐이라고. 그러면서 자신 때문에 유철의 일정에 차질이 생겼을까봐 염려를 했다. 유철이 일정 없이 쉬던 참이어서 괜찮다고 했음에도 계속 미안해하는 기색이었다. 제가 길을 잘 못 찾는 건 아는데 거기에서 버스 정류장은 금방 나올 것 같았어요. 그런데 그러다가 늘 헤매요. 미안해요. 유철이 환하게 웃으며 괜찮다고 도연을 다시 안심시켰고, 통성명쯤은 해도 되지 않겠느냐고 물었다.

"하도연입니다."

"진유철입니다."

유철이 자신의 터키 일정은 일주일이라고 했다. 도연은 이미 이주일이나 머물고 있었기에 어쩌면 귀국 날짜가 자신보다 이를 수도 있었다. 도연씨는 얼마나 있다 가세요? 아직 안 정했어요. 예에. 도연은 그동안 연재만큼은 기피했었다. 마감 날짜가 연이어 정해져 있다는 것과 한번 지면에 실리면 되돌릴 방법이 없다는 것, 그것이 한사코 발목을 잡았다. 직업상 언젠가 한번쯤은 하겠지만 그때를 최대한 미루고 싶었고, 가능하면 하지 않는 쪽으로 하고 싶었다. 그랬던 도연이라 연재 청탁을 받아들이고 집으로 온 날에는 발을 동동 구르며 후회했다. 왜 그랬을까. 미치지 않고서야 그런 결정을 내릴 수 없었다. 반미치광이처럼 폭식하다가 단식하다가 청탁한 편집자를 저주하다가 끝내는 팔자를 원망했다. 도망가고 싶었다. 도연은 어머니에게 딸을 맡기고 소설 구상차 떠나왔다. 그러나 도연에게 여행은 무엇을 구상해서 채워 오는 것이 아니었다. 그동안 쌓인 불필요한 것들을 버리고 오는 게 여행이었다. 다 버리고 쓰고 싶어질 때까지 머물 예정이었으므로 돌아갈 날을 미리 잡지 않았다.

"도연씨, 우리 다른 광장 갈래요? 내 숙소 있는 데에 좋은 광장 있어요."

"숙소 어딘데요?"

"술탄아흐메트광장이라고, 고 근첩니다."

"제 숙소도 그 앞에 있어요."

"갑시다, 그럼. 여서 뱅뱅 돌지 말고."

　도연과 유철이 트램을 타고 돌아와 아야소피아박물관 앞에서 내렸다. 바로 아래가 술탄아흐메트광장이었다. 이미 점심을 한참 넘긴 뒤였고 유철은 시원한 맥주가 마시고 싶었다. 뭘 했는지는 모르겠지만 이상하게 목이 말랐다. 마침 길 건너에 좋은 테라스를 갖춘 식당이 눈에 띄었다. 저기서 맥주 한잔 할래요? 네. 유철과 도연이 곧장 길을 건너 식당으로 들어갔다. 테라스 가장자리에 잎이 많아 그늘이 널찍한 키 큰 나무가 있었고, 그 바로 앞 테이블이 비어 있었다. 그 자리에서 도연의 숙소가 보였다. 도연의 숙소는 트램이 지나가는 길가에 있었다. 여행사를 겸한 작은 호텔이었다. 도연이 자리에 앉아 제 숙소를 가리켰다. 그럼 혹시 여기 와봤어요? 네. 뭐가 맛있어요? 양고기 케밥. 유철이 고민 없이 양고기 케밥으로 메뉴를 정하고, 그 전에 맥주부터 한잔씩 하자고 했다. 좋죠. 유철과 도연은 주문을 마치고 먼저 나온 터키 맥주 에페스를 쭉 마셨다. 유철이 이거 좋네요, 하고 두병을 더 주문했다. 뒤에 주문한 에페스는 케밥과 함께 나왔다. 케밥과 잘 어울리는 맥주였다. 고양이 천국 터키답게 고양이 몇마리가 식당을 어슬렁거렸다. 누구도 그 고양이들에게 험한 눈길을 보내지 않았다. 손님의 맞은편 의자에 앉아 쉬는 고양이도 있었다. 유철과 도연은 식사를 하며 고양이의 도도함에 대해 이야기했고, 빵이 무한 리필인 터키 식당과 반찬이 무한 리필인 한국 식당의 인심에 대해 이야기했다. 고양이가 터키 식당에 들렀다가 한국 식당으로 가면 한끼는 도도하게 무한으로 해결할 수 있겠네요. 하하하. 시원한 맥주와 맛있는 음식과 유쾌한 대화로 즐긴 기분 좋은 식사 자리였다.

식사를 마치고 광장으로 나왔을 때는 벌써 어스름이 내리기 시작했다. 도연과 유철이 여전히 물이 나오지 않는 광장 분수대 쪽으로 갔다. 나 저기 잠깐 앉을게요. 도연이 한 벤치를 가리켰다. 그러라고, 유철도 함께 가서 앉았다. 벤치에 앉은 도연이 손가방에서 담배 지갑을 꺼냈다. 담배 좀 피울게요. 유철이 어깨를 으쓱하고 제 담배도 꺼냈다. 유철이 여성의 흡연에 편견을 가진 것은 아니었다. 단지 도연에게서는 그런 느낌이 없었다. 오히려 담배를 멀리할 것 같았다. 그랬기에 아까부터 피우고 싶었지만 꾹 참고 있었다. 맥주에 케밥까지 먹었으니 당장 피우지 않으면 금단 현상이 올 것 같았다. 그런데 도연이 떡 피우는 것이 아닌가. 이때까지 그토록 고마운 적이 없었다. 유철이 개운하게 연기를 내뱉고 그동안의 사정을 이야기했다. 도연이 키득키득 웃었다. 도연은 처음 만났을 때부터 그의 재킷에서 담배 냄새를 맡았더랬다. 그런데 무슨 연유인지 담배를 꺼내지 않기에 저도 덩달아 피우지 못했다. 그러다가 끝내는 참지 못하고 먼저 피운 것이다.

"냄새 많이 났어요?"

"금연이 추세잖아요. 그래서 나는 흡연자를 만나면 마음이 편해져요. 같이 담배 피울 장소를 물색하러 다닐 수 있잖아요. 한국은 이제 우리가 살기 어려운 나라예요."

"좁은 골목이나 외진 곳으로 가면 우리 같은 인류를 종종 만나죠. 하하하."

도연과 유철은 흡연자들만의 공감대로 급격히 가까워져 한결 편한 대화를 나눴다. 그러면서 광장 옆으로 난 시장을 구경하고, 또 가만히 앉아 사람 구경도 했다. 얼마간을 그렇게 다니다보니 사위가 완전히 어두워졌다. 이제 헤어져야 했다. 유철이 케밥을 먹은 식당까지 함께 와주었다. 잘 쉬다 가세요. 도연의 인사에 유철이 잠시 머뭇거리더니 가만히 말했다.

"오늘…… 같이 잘래요?"

"음…… 잘해요?"

"그거는…… 제가 잘 모르겠습니다."

하하하. 지나치게 바른 그의 대답에 도연이 웃음을 터뜨렸다. 미소 띤 얼굴로 잘 모르겠다고 하는 그가 묘하게 섹시했다. 직접 확인해보라는 듯한 여유마저 느껴졌다. 유철이 손을 내밀었다. 도연이 그의 손을 잡았다. 만나 처음

잡은 손이었다. 도연과 유철은 그대로 손을 잡고 다시 광장을 지나 유철의 숙소로 걸어갔다.

*

　도연이 집으로 돌아오자마자 유철을 검색했다. 진유철. 이스탄불에서 떠난 사람이었다. 떠났으므로 그곳에서 이미 추억이 된 남자였다. 먼 곳에서의 너무 짧은 사랑으로 더 욕심낼 틈도 없이 보낸 사람이었다. 그랬던 그가 이곳에서 불쑥 나타났다. 캐주얼 차림으로 보냈는데 말쑥한 정장 차림으로 돌아왔다. 서로 아는 사람이면서 서로 모르는 모습으로 만난 황망한 순간이었다. 도연은 자신이 사람을 꽤나 잘 본다고 자부했었다. 그러나 이스탄불에서 만난 그에게서는 정치인을 읽을 수가 없었다. K시 시장이 도연에게 작가 같지 않다고 했는데, 그 말은 유철에게 고스란히 적용될 말이었다. 도연이 검색된 유철의 정보를 보며 비례대표 출신이구나, 국방위원회에 있네, 하며 그간의 활약을 찬찬히 살폈다. 군인 인권과 복지를 위해 나름 애쓴 정황이 곳곳에 보였다. 뭐야 이 남자, 국회의원이 왜 혼자 그러고 다녔어. 도연은 유철의 음성이 좋았다. 저기, 혹시 한국분이신가요? 경남 사투리는 무뚝뚝하고 드세다 생각했는데, 유철이 지닌 차분한 중저음의 사투리는 매력적이었다. 강의한다고 했지. 표준어를 써야 했겠구나. 그럼에도 숨길 수 없는 경남 고유의 억양을 도연이 당해낼수가 없었다. 매력 없이 평범한 서울말과는 느낌이 달랐다. 같이 잘래요? 의문문의 악센트가 뒤가 아닌 앞에 있었다. 세상에, 그렇게 예쁘게 자자고 하면 어떡해요. 껄렁함이라고는 1퍼센트도 없는 남자가 자자고 했다. 그 단정한 섹시. 툭 건드려보고 싶었다. 도연이 그가 내민 손을 잡은 이유였다.

지난가을 도연이 연재의 마지막 회를 붙잡고 전전긍긍할 때, 온갖 추문이 들끓는 국정농단 사태로 전국이 촛불로 휩싸였다. 촛불이 청와대의 봉황기를 당장 내리라고 명령했다. 결국 대통령에게 탄핵이 인용됐고 조기 대선도 확정됐다. 짧은 대선 기간인 만큼 선거전도 치열했다. TV 토론도 매회 높은 시청률을 기록했다. 그만큼 국민의 관심도가 높았다. 국정농단의 책임에서 자유로울 수 없는 당시 집권당이 분당해 각각 후보를 냈다. 벌써 갈라서서 다른 살림을 차린 두 야당도 각각의 후보를 냈다. 원내 교섭단체가 되지 못한 군소 정당에서도 후보를 냈다. 이 흔한 정당들의 어색한 조우도 우스웠다. 서로 잘 아니 무턱대고 아니라고 잡아뗄 수도 없었다. 섣불리 아닙니다, 했다가는 아닌 게 아닌 것으로 돌아와 아니한만 못한 처지가 되고는 했다. 다들 예쁘게 하고 나와서는 못난이들처럼 지지율 1위 후보에게만 우르르 달려들었다. 넷이 한 사람만 패니 때리는 사람들끼리 혼선을 빚기도 했다. 내가 아니라 저쪽이라니까. 아차, 근데 당신은 좀 맞아야 해. 당신은 호위무삽니까? 사퇴하세요! 나도 질문 좀 합시다. 나의 정체성을 알려주세요. 제가 누굽니까? 그걸 왜 제게…… 그리고 5월 9일, 대한민국 제19대 대통령이 탄생했다. 준비된 대통령. 이변은 없었다. 청와대에 다시 봉황기가 올라갔다. 유철이 집권당 의원이 되었다. 그 요란한 대선 과정에서 그는 어디에 있었는가. 거의 모든 의원들이 매체마다 얼굴을 내밀던 때였다. 자당 인터넷 채널로 유세 현장을 생중계하기도 했다. 그 와중에도 유철은 눈에 띄지 않았었다. 남들이 몸으로 유세할 때 어디 들어가서 기도 유세라도 했나. 그러나 유철이 눈에 띄지 않은 가장 큰 원인은 도연 자신에게 있었다. TV도 잘 안 보고 인터넷도 잘 하지 않는 사람에게는 경남 곳곳을 돌며 몸이 부서져라 뛰는 의원이라도 눈에 띌 리 없었다. 도연은 뒤늦은 검색으로 유세차에서 지지 연설을 하는 유철을 볼 수 있었다. 목소리를 높여도 워낙 차분한 음성이라 심심해 보였다. 후우. 도연이 긴 숨을 내쉬었다. 둘 다 신분이 들통난 바람에 멋쩍은 재회였지만 서로 훔쳐보는 재미는 쏠쏠할 터였다. 도연이 검색창을 닫았다. 피곤했다.

유철 역시 숙소로 돌아오자마자 문화예술계 블랙리스

트부터 살폈다. 하도연, 하도연…… 리스트 어디에도 그녀는 없었다. 안도와 실망이 같이 나타났다. 없다. 없군. 유철이 인터넷으로 도연을 검색했다. 인물 정보가 간소했다. 인터뷰도 책 관련한 내용 말고는 거의 없었다. 사적으로 파악할 정보가 전무하다시피 했다. 자신이 익히 들어본 제목의 책이 있어서 놀라기도 했다. 이 책 쓴 사람이었구나. 유철은 소설을 많이 읽지 않았다. 박사과정 중에 대학 강의를 맡았더랬다. 그때는 강의 준비와 관련 서적을 읽는 것만으로도 벅찼다. 국회의원이 되고서는 더욱 소설을 읽을 여유가 없었다. 여기저기에서 보내주는 기념 도서나 추천 도서가 쌓였고, 당장은 일과 관련된 서적을 우선 살펴야 했다. 그래도 좀 볼걸. 유철이 후회했다. 왠지 도연에게 책도 안 읽는 사람처럼 보인 것 같아 속상했다. 그 책 제목은 알고 있었는데…… 그러면서 김보좌관이 공식 페이스북에 올린 도연의 사진을 보았다. 행사 관련 인사와 함께 찍은 사진은 홍보용으로 요긴했다. 국회의원의 딱딱한 SNS에 소소한 재미도 줄 수 있었다. 사진 속에는 나풀거리는 치마에 하이탑 스니커즈를 신은 도연 대신, 단정한 원피스에 굽 높은 구두를 신은 도연이 있었다. 낯설었지만 나쁘지는 않았다. 사실 유철은 북콘서트 중간에 먼저 자리를 떠야 했다. 김보좌관이 유철을 재촉하기도 했다.

"콘서트는 마치고 갑시다."

나는 당신이 궁금했습니다. 그때도, 그때가 아닌 내내도. 그곳에 유철보다 먼저 도착해 그가 떠나올 때까지도 아직 남았던 사람이었다. 목적지를 두고 가면 늘 헤매서 차라리 길이 보이는 대로 가다가 좋은 데를 발견하면 그곳을 목적지로 삼는다는 여자. 그렇게 정처 없이 다니면 숙소는 어떻게 찾아와요? 택시요. 꼭 그녀의 방식대로 즐긴 여행이었다. 그렇게 가다보면 신기하게도 궁전이 나왔고 탑이 나왔고 공원이 나왔고 맛있는 아이스크림집이 나왔다. 그러고 택시를 타면 갔던 길과는 전혀 다른 길로 숙소로 돌아왔다. 오늘 간 곳 좋았죠? 네. 그냥 나가도 늘 간 곳이 있는 여행이었다. 그런 그녀를 두고 먼저 귀국하던

날, 유철은 신신당부했다. 꼭 택시가 있는 곳으로만 다니
세요. 네에. 꼭. 알았다고요, 하하하. 그 웃음이 마지막이었
다. 도연을 더는 볼 수 없을 거라고 생각했었다. 그런데 그
녀가 나타났다. 보고 싶었습니다. 유철이 북콘서트를 끝까
지 지킨 것은 도연에게 하는 고백이었다.

*

　학교에서 막 돌아온 인영이 도연 옆에 털썩 앉았다. 침
대가 출렁했음에도 도연은 여전히 숙면 중이었다. 인영이
도연의 어깨를 살짝 흔들었다. 엄마. 도연이 그제야 눈을
떴다.

　"너 왜 벌써 왔어?"

　"수업 다 끝나고 왔는데 뭐가 벌써야? 좀 일어나."

　도연이 마지못해 일어나 앉았으나 눈은 뜨지 못했다.
밤을 꼬박 새우고 낮에 잠들어 고작 몇시간밖에 못 잔 상
태였다. 사정이 그렇다 해도 인영은 불만이었다. 근래 들

어 자는 엄마만 봐왔다. 도연은 아침에도 자는 듯한 얼굴로 식사를 챙겼다. 인영이 학교에서 돌아오면 암막 커튼 친 방에서 세상모르고 자고 있었다. 어쩔 수 없이 인영 혼자 저녁을 챙겨 먹어야 했다. 그러다가 이제 자야겠다, 하면 도연이 푹 잔 얼굴로 방문을 열고는 딸, 자? 하고 물었다. 잘 거야. 잘 자. 그리고 들리는 한밤의 키보드 소리. 도연의 시계는 다른 사람들과 정반대였다. 달려가 따질 수도 없었다. 도연의 키보드 소리는 무언의 경고였다. 방해하지 마. 그것은 인영이 지난해에 겪은 충격으로 깨달은 것이었다. 그전까지는 안방 문을 여는 데 한치 고민도 없었다. 도연도 인영이 문을 열면 왜? 하고 바로 키보드에서 손을 뗐었다. 출퇴근도 없이 세상 편하게 일하는 엄마였다. 그즈음 친구들 사이에서 이혼이라는 말이 자주 오갔다. 그때마다 인영은 불편했다. 인영이 결혼이라는 말도 모를 아기 때 도연은 이혼했다. 왜 이혼했어? 내 생각은 안 했어? 아빠를 죽인 엄마보다는 이혼한 엄마가 나으니까. 엄마 손에 죽은 아빠보다는 이혼한 아빠가 나으니까.

그럴 결혼 왜 했어? 인영은 원망을 무시로 나타냈다. 인영아, 엄마 지금 저녁 못 해. 어쩌라고? 시켜 먹어. 내일 애들하고 쇼핑 갈 거야. 알았어. 얼마 줄 건데? 달라는 대로. 그러니까 얼마! 도연이 키보드에서 손을 떼고 눈을 꾹 감았다. 심상찮은 분위기였으므로 그쯤에서 물러나야 했는데 인영이 결국 흉한 말을 해버렸다. 작가인 거 티내는 거야? 어이없네. 티…… 도연이 책상 서랍에서 지갑을 꺼냈다. 그리고 그것을 인영의 발 앞으로 턱 던졌다. 뭐든 다 사. 그런데 축구장에 관중이 난입하면 누가 미친 거니? 나가 달라고 하면 선수인 거 티내는 거니? 엄마는 딸보다 소설이 더 중요해? 네 쇼핑 목록 따위보다는 중요해. 딸 밥은? 하아, 씨발 밥…… 엄마는 일하다가도 밥을 해야지, 그치? 모성 이데올로기 좆같네. 충격이었다. 소설에서나 쓰지 실제로는 전혀 쓰지 않는 거친 말이었다. 인영이 처음으로 엄마가 무섭다는 생각을 한 순간이었다. 키보드 소리도 중지됐다. 자신의 난동으로 중지된 경기가 재개될 조짐을 보이지 않았다. 그동안 인영은 친구들에게 신세 한탄을 했고, 일기장에 험한 욕설을 풀었으며, 제 탄생을 저주하며 울다 잠들고, 학교에서 돌아와 아침과 변함없는 주방을 보며 식사를 하지 않은 도연을 걱정했고, 결국 경기가 속히 재개되길 빌고 말았다. 마침내 안방에서 도닥도닥 소리가 다시 들렸을 때에는 아이 씨, 하고 주저앉아 버렸다. 안도함과 더불어 그동안의 맘고생이 서러웠다. 그런 인영을 도연이 먼저 찾았다. 엄마가 연재 때문에 좀 미쳤다. 다 끝나가. 미안해. 그렇다고 인영의 자존심에 아니라고, 내가 잘못했다고 예쁜 말을 건넬 수는 없었다. 어쨌든 사과는 받아줄게 하는 표정으로 가만히 들었다. 대신 잠들기 전에 도연이 좋아하는 커피를 커피메이커에 내려놓았다. 그때부터였다. 도연의 키보드 소리는 인영에게 정지 신호처럼 작용했다. 어떤 용무가 있더라도 일단 멈출 것.

올해 인영은 중학생이 되었다. 초등학생 티를 완전히 벗은 것은 아니나 제법 의젓해졌다. 그래도 고작 열네살이었다. 그 나이에 학교에서 돌아와 엄마에게 밥 달라고

하는 것이 찜찜한 딸은 많지 않을 거였다. 도연이 눈을 비비며 정신을 차렸다.

"배고프지? 뭐 좀 해줄까?"

"냉장고 텅텅 비었는데 뭐로 뭘 만들어?"

"흠…… 그럼 너 있을 때 시장 가자."

도연이 손으로 대충 머리를 빗었다.

"세수라도 하고 가. 쪽팔려서 진짜……"

"알았어, 알았어. 십 분 뒤에 가자. 너도 옷 갈아입어."

도연이 비틀비틀 화장실로 갔다. 치약의 민트향도 잠을 쫓는 데에는 역부족이었다. 양치질 중에도 하품이 나와 개수대로 거품이 뚝뚝 떨어졌다. 냉장고가 언제 그렇게 비었나. 도연이 눈 감고 치카치카 칫솔질을 했다. 요즘 인영은 외롭다. 최근에 아빠의 재혼을 알게 된 때문이다. 자기 또래 아이가 있는 여자와의 재혼이었다. 아빠가 다른 아이의 아빠가 되었다. 인영이 때마다 살갑게 만난 것도 아니었다. 그럼에도 아빠의 재혼은 아렸다. 도연이 아빠가 아닌 다른 남자를 만나도 치이, 하고 말았는데 이번에는 달랐다. 그것이 결혼의 무게였다. 아빠가 다른 집의 가장이 되었다. 무조건 우선해야 할 사람들이 생겼다. 소식을 들은 며칠은 그래서 어쩌라고 씨…… 하고 버텼다. 그러다가 기어코 눈물을 쏟았다. 도연이 그 소리를 듣고 인영의 방 앞에서 기다렸다. 울게 내버려둔 뒤 쓰러지기 전에 안아줘야 했다. 울음이 악에서 원망으로, 원망이 슬픔으로 변했다. 인영이 쉿소리로 숨을 몰아쉴 때 도연이 노크했다. 엄마야. 인영이 도연의 품에서 아기처럼 조금 더 울고 마침내 소리쳤다. 이제 아빠한테 양육비 같은 거 받지 마! 받은 적 없어. 우리는 우리가 해결하면서 살았어. 요즘 인영이 자주 보는 TV 프로그램에는 아빠와 딸이 등장했다. 근사한 아빠들이 딸들과 함께했다. 인영은 아빠에게 투정 부리고 사랑한다 말하는 TV 속 딸들을 부러워했다. 도연이 만들어줄 수 없는 아빠들이었다.

"엄마도 차라리 아빠를 꽉 잡고 살지 그랬어."

"아내한테 잘하는 남편은 멋있어도, 잡혀 사는 남편은 찌질해 보여. 그럼 결국 찌질한 남편하고 사는 거야."

"그럼 저런 남자랑 결혼하던가."

"저런 남자가 엄마랑 결혼했겠니?"

"엄만 어떤 남자 좋아해?"

"가만히 섹시한 남자."

"뭐래, 만나는 사람마다 거지 같더만. 슈트, 응? 슈트하고 좀 만나."

인영은 TV 속 아빠들을 대신할 엄마를 원했다. 같이 이야기하고 같이 움직여주는 엄마. 도연도 알고 있었지만 요즘은 뭐 하나 빠진 사람처럼 멍한 상태였다. 읽어야 할 책이 쌓였고 이미 마감일을 넘긴 원고도 끝을 보지 못했다. 글자는 눈에 들어오지 않았고 손가락은 마비된 것처럼 글을 쓰지 못했다. 그러면서도 원고를 붙잡고 날마다 밤을 새웠다. 그런 마당에 인영과 놀아줄 여유가 없었다. 도연이 양치질을 마치고 물로 대충 머리를 쓸어 올렸다. 이래저래 아무것도 못할 거 인영과 노는 게 나았다. 도연이 화장실에서 나왔다.

"엄마 세수 안 했지?"

"양치질했어. 갔다 와서 샤워할 거야."

"다른 사람들은요, 샤워를 하고 시장에 갑니다, 어머니!"

저녁은 시장에서 순대와 떡볶이로 대충 해결했다. 그러고는 인영과 티격태격하며 집에 없는 것과 있어도 더 필요한 것을 더해 장바구니를 가득 채워서 돌아왔다. 집에 와서는 인영이 장거리 정리까지 야무지게 도왔다. 인제 샤워하시죠, 어머니? 예에. 조금 까다롭기는 해도 속 깊은 딸이었다. 내가 딸은 잘 낳았지. 도연이 그제야 샤워를 했다. 오랜만에 바깥공기를 쐬었더니 정신도 바짝 들었다. 커피도 마실 만큼 마셨다. 그런데 도무지 집중이 되지 않았다. 작업 파일을 열 엄두가 나지 않았다. 노트북 바탕화면만 멍하니 볼 뿐이었다. 마감일을 넘기고 휴대전화까지 꺼두었으니 분명 편집자에게 메일이 와 있을 터였다. 도연이 머리를 굴렸다. 더 줄 수 있는 시간이 얼마나 되는지, 혹시 그 안에 다른 작가를 섭외할 수는 없는지, 어떻게 말해야 깊은 고민 뒤에 내린 결정처럼 보일는지 따위를 궁리하느라 편두통이 다 찾아왔다. 처음부터 고사하고 싶었던 원고였다. 내면에서 울린 음성을 무시한 대가가 이토록 엄혹했다. 도연이 메일창을 열었다. 역시 '선생님!' 제목으로 시정에게 메일이 와 있었다. 그렇지, 암. 도연이 습관처럼 담배를 물었다. 착잡한 마음에 연기를 한숨처럼 내뱉고 나서야 메일을 열 수 있었다. 선생님, 미세먼지 없는 화창한 날입니다. 나가보니 그렇다. 오늘은 여러건의 문의로 연락드렸습니다. 먼저 EBS 라디오에서 출연 요청이 들어왔습니다. 못 합니다. 또 한건은 지난번 K시 올해의 책 주최 측 요청입니다. 선정된 책으로 독후감대회를 열었는데, 선생님이 심사가 가능한지 묻네요. 지금은 다른 분들 글을 볼 처지가 못 됩니다. 마지막으로 선포식 때 뵀던 진유철 의원님 기억하시는지요? 놀란 도연이 담배 연기를 꿀꺽 삼키는 바람에 헛구역질이 났다. 그 의원님 보좌관께서 선생님 연락처를 묻는데 어떡할까요? 의원님 지역구 행사에 선생님을 초청하고 싶다고 합니다. 세부 일정은 아직 안 나온 것 같아요. 연락처는 받아두었습니다. 선생님 곤란하시면 저희가 잘 말할 테니 말씀만 하세요. 그리고 이번에는 진짜 마지막입니다. 선생님, 원고 마감일이 살짝 지났습니다. 선생님의 옥고를 기다리며 시정 드림. 도연이 담뱃불을 껐다. 진유철. 도무지 이 남자가 정리되지 않았다. 그런 중에 그의 보좌관이 연락을 해왔다. 그의 부름인지 보좌관의 사무적 연락인지는 알 수 없었다. 그러나 어쨌든 답은 해야 했다. 도연이 시정에게 메일을 썼다. 라디오 출연과 심사는 정중하게 고사했다. 현재로서는 불가능한 일들이었다. 그리고 그의 보좌관. 보통의 경우 출판사에 세부 정황을 알아봐달라고 요청했으니, 이번 건도 하던 대로 해야 했다. 무슨 일 때문인지 자세하게 좀 여쭤주세요. 지금은 제가 통화할 여력이 없습니다. 옥고 때문에 세상 옥고 혼자 다 치르고 있는 하도연 드림.

도연이 메일창을 닫고 화면에 작업 파일을 띄웠다. 무슨 수를 써서라도 원고를 마무리해야 했다. 이놈을 죽여살려. 전개상 죽어야 하는데 악착같이 목숨을 붙들고 있었다. 짧은 소설에 불사조 하나가 나타나 창조주에게 덤비고 있는 것이다. 너무 악해서 소멸시키고 싶은 인물이었다. 소설에서라도 천벌을 내려 다시없을 고통을 받게 하고 싶었다. 보고 싶다. 원고 속에서는 악의 불사조가 날뛰는데 유철이 자꾸 떠올랐다. 미치겠네…… 혹시 유철은 알고 있었을까. 도연이 의심 섞인 기대도 했었다. 앙카라를 잠시 혼자 다녀왔을 때 아타튀르크공항으로 마중 나왔던 것처럼 혹시 그 시청에서도 어쩌면. 그때 공항에서 유철은 뒷짐 지고 서서 도연이 출구로 나오기만을 기다리고 있었다. 도연이 기대도 하지 않은 마중이었다.

"도착 시간 어떻게 알았어요?"

"도연씨 비행기표 봤잖아요."

도연은 헤어진 연인들을 애써 떠올리지 않았다. 이유가 무엇이든 그럴 운명이었을 테니 이별이 결정되면 깔끔하게 정리했다. 괜한 감정의 찌꺼기를 남기지 않았다. 다시 찾아온 남자도 냉정하게 뿌리쳤다. 끝났던 사람과 다시 만나면 결국 같은 이유로 헤어졌다. 같은 이별을 두번 겪을 수는 없었다. 많다면 많고 적다면 적은 인연들이었다. 그중 몸 한번 섞었다고 서방처럼 굴며 기고만장한 인간은 특히 싫어했다. 그런 남자는 초장에 끝냈다. 하이고, 넌 그냥 딜도였어. 니가 내 사랑을 알아? 몰라. 모르는데 어떻게 사랑해. 널 위해서 희생할 각오도 했었다. 너의 뭐로 나한테 뭘? 도연은 사랑하므로 희생한다는 자기희생성 낭만을 경멸했다. 그런 사람들은 희생한 자신에게 숭고함을 부여하고 절대적 존재로 인정받길 바랐다. 희생을 사랑으로 갚아야 하는. 나한테서 돌려받을 희생 말고 날 위해 그냥 떠나주는 희생은 손해라서 안 되니? 희생으로 장사해? 희생이 쌓이면 그것들이 무용지물 될까봐 버림받는 것과 버리는 것을 두려워하며 더욱 집착했다. 심하면 숨 쉬는 것마저 희생 장부에 오른다. 내가 죽고 싶어도 너 때문에 할 수 없이 사는 거야. 그 대단한 희생정신을 너를 위해 써. 희생에 값 매겨서 남한테 보상하라고 하지 말고. 준가치와 받은 가치가 달라. 너한테 금 한돈이 나한테는 그저 쇳덩어리 한돈일 수도 있어. 어떻게 계산할 건데? 그럼에도 사랑을 내세우면 그것이 만능이 아님을 주지시켰다. 상대가 원하지 않는 것은 하지 않는 거, 그게 사랑이야. 사랑하면, 꺼져. 난 그걸 원해. 누군가를 만난다는 것은 언젠가의 이별도 각오해야 하는 일이었다. 나의 이별도 무수한 이별 중에 하나일 뿐이라고. 영원이라는 허울에 집착하면 현재부터가 지난했다. 언제 거기까지 가나. 그랬기에 도연은 옛 만남들을 좋으면 좋았던 대로 싫으면 싫었던 대로 이별한 과거로 남겼다. 인생이 원체 아이러니해서 도무지 영문 모를 관계가 맺어지기도 하고, 서로 좋게 바라보면서도 각자 타인의 품에 안기는 씁쓸함을 겪기도 했다. 유철은 후자의 연인이었다. 그는 아내에게로 돌아갔다. 가세요. 갈게요. 그것이 최선이었다. 좋았던 추억으로 남기고 서로 무탈하고 행복하길 바랐다. 헤어질 때 연락처 하나 주고받지 않은 이유였다. 사랑은 찾아나서는 것이 아니라 나타나는 것이다. 어느날 그곳에서 불현듯. 그런 사랑 또 오겠지요. 그랬는데 이별한 이스탄불의 연인이 다시 나타났다. 누가 누구를 일부러 찾은 것이 아니라

서로가 서로에게 불쑥 나타났다. 이런 경우는 어떡해야
합니까. 당신 때문에 하찮은 불사조 하나 처리하지 못하
고 있잖아요. 하아. 심란한 도연은 이날도 원고를 끝마칠
수가 없었다.

*

　유철은 이스탄불에서 돌아오는 비행기에서 총선 출
마를 결심했다. 어쩌면 답이 정해진 여행이었다. 여의도
를 떠나고 싶었지만 떠나도 갈 곳이 없었다. 의정활동으
로 강의 경력도 단절된 상태였다. 전국 대학 어디에도 그
를 위한 빈 강의실이 없을 터였다. 총선은 유철에게 당장
구직의 문제였다. 단절되지 않은 경력으로 출마하는 것이
그나마 유리할 거였다. 선택받지 못했다는 상실감과 실업
의 공포를 견딜 만큼 갖춰놓은 것도 없었다. 경남이 험지
라 하나 취업준비생에게는 그렇지 않은 곳이 없었다. 곧
실업자가 될 처지에 놓였으니 지역을 따질 여력도 없었

다. 괴롭고 외롭지 않은 밥벌이가 있겠는가. 금배지 달고 의전받는 생활을 하는 동안 어느새 그것들에 익숙해져 제일에 투정 부리는 오만을 저질렀다. 부지런히 살아보자. 그러다보면 문득 선물 같은 일주일이 또 오지 않겠나. 그때를 기다리며 묵묵히 견디는 것도 나쁘지 않을 거였다. 유철은 그것으로 총선에 대한 고민을 끝냈다.

돌아온 유철을 맞이한 것은 이혼 서류였다. 아직 트렁크도 풀지 못한 상태였다. 아내 정희가 트렁크를 고대로 들고 다시 나가라는 듯 서류를 식탁에 내려놓았다. 유철이 막 도착한 갈증으로 생수를 들이켜고 있을 때였다.

"우리 그만 이혼하자."

정희는 유철의 이스탄불행을 달리 해석하고 있었다. 자신과의 정리를 위한 여행으로 여겼다. 유철은 정희의 생각을 정정하지 않았다. 그런 생각을 해도 이상할 게 없는 부부였다. 한 집에 사는 불편한 타인. 당신하고 사는 거 이제 힘들다,는 정희 말에도 토를 달지 않았다. 그랬다, 서로, 오래전부터. 균열은 결혼과 동시에 시작됐을 거였다. 결코 사랑할 수 없었던 아내가 사랑받는 아내로 위장하고 사방을 휘젓고 다녔다. 마치 유철이 원해서 제가 그러는 것처럼. 동료들은 유철과 일하는 것을 점점 껄끄럽게 여겼고, 어쩔 수 없이 마지못해 하는 경우가 잦아졌다. 남편이 있는 곳이면 어디든 있는 아내. 유철 혼자 어딜 가도 어느새 툭 나타나 그를 지켜보았다. 너무나 당연하고 태연하게. 그때마다 유철은 다문 입 속으로 이를 악물었다. 그럼에도 여보, 하고 다가오는 그녀를 반겨야 했고, 둘도 없는 잉꼬부부처럼 함께 귀가해야 했다. 정희는 최악의 비난을 듣고 궁지에 몰리고 나서야 사랑받는 아내의 가면을 벗었다. 유철도 그녀에게서 친절을 거뒀다. 그때부터는 서로 맨 얼굴로 지냈다. 대화가 불가능한 부부였다. 그나마의 대화도 끊긴 것은 유철의 비례대표 공천 때문이었다. 인생의 큰 전환점이 될 선택에서조차 정희는 외면당했다. 유철이 이러저러한 일로 입당했다고 통보한 것이 전부였다. 정희가 국회의원이 되는 거냐,고 물었고, 유철이 어쩌면,이라고 답했다. 정희도 더 따지지는 않았다. 그렇구나, 하고 물러났다. 서운함을 비춘다고 해서 다시 세세하게 말할 그도 아니었다. 그리고 정말로 국회의원이 되었다. 그거 되는 거 참 쉽네. 유철은 일 중독자답게 정치인이 되고서도 쉬는 날이 없었다. 그러던 어느날, 유철이 그랬다. 둘째 가질래? 아니. 정희는 생산만을 위한 잠자리는 거부했다. 진심으로 나를 안고 싶을 때 안아. 유철이 낙담하고 물러났다. 함께 아이를 낳고 싶은 아내. 그 지경의 상황에서 보일 수 있는 최대한의 진심이었다. 우리는 어떻게든 안 되는구나. 정희는 정희대로 유철에게 좌절했다. 저를 안고 싶지 않은 그의 진심만 확인한 셈이었다. 진심으로는 안 되는 거였니. 아이 낳으려고 결혼했어? 네 유전자 따위가 뭐 그리 대단해서. 그후로 부부의 연은 사실상 끝났다. 한 아이의 생모와 생부로만 살았다. 그러다 정희가 정말 마지막이라는 심정으로 그의 옆에 누웠었다. 아이가 있다. 엄마 아빠가 남으로 사는 집에서 계속 자라게 할 수가 없었다. 결과는 처참했다. 유철은 과거에 정희가 그를 뿌리쳤던 것을 되돌려주듯 꿈쩍도 하지 않았다. 차라리 쳐다보지나 말지. 유철은 고개를 살짝 돌려 정희를 본 뒤 다시 바로 하고 눈을 감았다. 혹시 마음에 둔 여자 있니? 내 마음에 둔 사람까지 관리하고 싶나? 니하고 살고 있잖아, 니하고. 그러고 며칠 뒤 이스탄불로 떠났다. 정희가 이혼을 결정한 이유였다. 아이를 위해서라도 저런 남편과 살면 안 됐다.

"혜승이는 내가 키울게."

"여행 다녀올래? 어디든 가서 너 있고 싶은 만큼 있다와."

"당신 없는 데서 있고 싶은 만큼 있으려고."

유철 또한 마음에도 없는 미련으로 상황을 길게 끌고 싶지 않았다. 가장 밀접한 스킨십을 갖는 관계가 부부임에도 서로의 존재가 고역인 지경에 이르렀다. 너무 멀어졌다. 하늘이 어떤 연유로 둘을 부부로 묶었는지는 몰라도 정희가 이제 그것을 풀겠다고 했다. 하늘에서 어떤 처벌을 받을지라도 사는 동안에는 행복해야겠노라고. 하늘이 부부로 죽어야만 거둔다면 차라리 죽어 구천을 떠돌겠다고. 유철도 마음을 정했다. 만들면서 가꾸는 사랑, 나는 모르겠다. 사랑하면 만들어지더라. 미안하다. 하자.

이혼에 합의한 유철이 잠실의 오피스텔을 하나 얻어 나왔다. 이혼의 상처를 곱씹을 여유가 없었다. 국정감사를 마치고는 총선에 대비했다. 유철은 김보좌관과 긴밀하게 협조하며 만전을 기했다. 비례대표 때와는 달랐다. 최대한 자신을 드러내야 했다. 김보좌관이 그동안의 경험으로 유철을 뒷받침했다. 선대위와는 별개로 뒤에서 전체 흐름을 파악해 기민하게 조언했다. 유철은 해볼 만한 인물이었다. 사람을 끄는 매력이 있었다. 선거는 똑똑한 자가 아니라 매력 있는 자가 이겼다. 이혼으로 내조 유세는 날아갔으나 이왕 혼자 된 몸, 후방에서 지원하는 배우자가 없으면 전방에서 지지자들과 함께 달리면 그만이었다. 솔로는 솔로만의 자유로운 매력이 있는 법이었다. 후보가 혼자 다니면 유권자와 악수하고 사진 찍는 분위기부터 달랐다.

생생하고 자연스러웠다. 배우자가 곁에 있으면 후보도 유권자도 몸에 힘이 들어가기 마련이었다. 악수도 어정쩡하고 사진도 사진관 사진처럼 어색하다. 사실 후보 부부가 같이 다니면 유권자들도 피곤하다. 바빠 죽겠는데 인사를 두번이나 해야 한다. 정서상 후보 옆 배우자를 못 본 척할 수가 없다. 후보의 배우자가 내 남편, 내 아내를 강조하는 것도 그리 좋은 선거 전략은 아니다. 선거라는 대국민 관심사를 제 집안 일로 축소시킨 느낌이 든다. 내 남편 뽑아주세요. 더없이 사사로운 '내'의 공신력을 누가 보장하나. 여러분의 든든한 일꾼이 되겠습니다! 후보가 이렇게 외쳐도 옆에 있는 배우자 때문에 아무래도 그의 주인은 '우리'가 아닌 것 같다. 그저 정치가 직업인 뉘 집의 누구. 알고 보면 '여보'의 든든한 일꾼. '우리'가 국회의원을 뽑는 것인가, 남의 집 가장을 취업시켜주는 것인가. 당선되면 자기들 부부만 신나할 것 같다. 여보, 됐어! 설상가상으로 후보보다 배우자의 액션이 더 크면, '우리'가 아닌 배우자가 키우는 정치인 같아 후보도 작아 보인다. 유세 현장에서는 분위기에 휩쓸려 환호해도 막상 선거일이 되면 투표하기 귀찮아진다. 둘이서도 잘 살겠던데 뭐. '우리'를 잃으면 더 얻을 표도 잃는다. 이처럼 배우자라고 해서 순기능만 있는 것이 아니었다. 종합적으로 보면 혼자라고 해서 더 나쁠 것도 없었다. 유철은 솔로의 장점만 최대한 살리면 됐다. 경남 공천도 크게 어렵지 않았다. 이 지역이라면 몸 사리는 의원이 많을 때였다. 유철의 고향에서 공천받았으면 금상첨화였겠으나 아쉽게도 옆의 인근 도시 지역구로 낙점됐다. 진보 진영이 승리하기에 까다로운 지역이었다. 선대위가 죽기 살기로 달려들었다. 유철도 매끈하게 잘 움직였다. 몰래 손질받은 사람처럼 혈색도 좋아졌고, 누가 시키지 않아도 유권자들을 찾아다녔다. 유철은 옆 도시 출신이라는 친근감으로 밀착도를 높였다. 유철의 깍듯한 미소와 신사적인 몸짓이 젊은 층을 움직였다. 눅눅하지 않은 차분함이 세련된 듬직함으로 어필됐다. 기대고 싶은 아저씨. 그의 출신 지역과 국방위 경력이 어른들을 움직였다. 싹이 보이는 젊은 친구. 지역 의료원을 폐지

하고 아이들 급식 문제로 소란을 피운 상대당 도지사의 행실도 한몫했다. 그 결과 유철이 상대 후보를 근소한 표차로 앞질러 당선되었다. 보수 텃밭에서 세련되고 안정적인 진보가 먹혔다. 설마한 일이 현실로 나타났다. 유철의 새로운 출발이었다.

유철이 재선에 성공하자마자 국정농단 사태가 터졌다. 대통령이 탄핵되었고 곧 조기 대선이 확정됐다. 그리고 자당 후보가 승리했다. 그럼에도 정국은 여전히 혼란했으므로 승리를 만끽할 여유가 없었다. 청와대의 발 빠른 내각 구성으로 눈뜨면 새 인물이 속속 발표됐지만 전 정권 사람들이 주요 요직을 내려놓지 않은 상태였다. 누구는 눈치껏 나가려다 잡히고, 누구는 눈치 없이 꿋꿋이 버티고, 누구는 오라면 오겠고 가라면 가겠습니다, 하는 어정쩡한 자세로 살얼음판을 견디고 있었다. 벌써 제 몫 챙기려다 여론의 뭇매를 맞아 은근슬쩍 꼬리 내리는 의원도 더러 있었다. 저게 왜 잔칫집에서 진상을 떨어. 박수 칠 때 떠나고 싶냐? 대선은 끝났지만 국민들의 눈은 여전히 매서웠다. 유철은 시간이 허락되는 한 지역 주민들을 만났다. 주중에는 서울에 있어도 주말에는 꼭 지역구로 내려갔다. 대선에 이겼다고 해서 주민들의 삶이 당장 바뀐 것도 아니었다. 의원실로 접수되는 민원과 미팅 요청이 끊임없이 이어졌다. 하천 청소나 경로 잔치 같은 각종 지역 행사에도 최대한 참석했다. 주민들의 생활과 밀접한 정치인이 되어 그들과 함께했다. 사랑. 여자. 이혼한 뒤 그런 것은 뒷전이었다. 그랬는데 도연이 또각또각 걸어와 자신 앞에 섰다. 아뇨, 제 딸은 제 책을 읽지 않습니다. 읽었다면 책에 나온 내용을 저한테 물을 이유가 없습니다, 하하하. 김보좌관이 경전철사업 간담회 일정으로 재촉해도 자리를 뜰 수가 없었다. 어떻게 또 당신 혼자 두고 가. 심지어 그곳은 자신의 지역구였다. 그럼에도 결국 또 먼저 자리를 떠야 했다. 그런 운명인가보다. 유철은 더욱 일에 매달렸다. 꼭 두달이었다. 김보좌관이 상반기 지역 주민들과의 만남에 대해 말하기 전까지는 잘 버텼다. 김보좌관이

이 행사를 선포식 때 북콘서트처럼 하자고 제안했다. 유철 혼자 강연처럼 진행하는 것은 요즘 추세에도 맞지 않는다고.

"그러면 선포식 때 그 작가님 어때요? 주민들한테도 친숙할 것 같은데요."

유철의 입이 자제력을 잃고 도연을 부르고 말았다. 떠오르는 작가가 도연뿐이었고 다시 볼 수 있는 좋은 기회였다. 김보좌관도 찬성했다. 올해 시에서 회자되는 작가로 자주 방문하면 보기에도 좋았다. 문제는 섭외였다. 그게 뭐 어렵겠나 했는데 출판사가 도연의 연락처를 쉽게 넘기지 않았다. 중간 연락책처럼 끼어서 귀찮게 굴었다. 김보좌관은 도연이 영 까다로운 것 같아 다른 작가를 섭외할 요량으로 유철에게 저간의 사정을 보고했다.

"예에, 그럼 제가 직접 말해볼게요. 제 초청이잖습니까."

유철이 제 번호를 출판사에 넘겼다. 외부에 공개되지 않은 최측근용 번호였다. 기다립니다. 내게 한번만 더 와주십시오. 유철은 그렇게 며칠째 도연의 전화를 기다리고 있었다.

*

　도연이 출판사로부터 넘겨받은 유철의 번호를 휴대전화 액정에 띄우고 손톱으로 톡톡 쳤다. 유철이 자신을 부르고 있었다. 어떡할까요. 갈까요? 한번은 보냈지만 두번은 못 보낼 것 같습니다. 도연이 의자에 무릎을 세우고 팔로 안았다. 바라보는 상대에 덧붙여 그의 아내까지 의식해야 하는 사랑은 피곤했다. 타인의 상처에 눈감는 사랑의 이기심도 싫었다. 그러나 지금 유철이 내민 손을 잡는다면 분명 저 피곤하고 이기적인 사랑을 하고 말 것이었다. 그럼에도 액정을 내리지 못하고 있는 것이다. 단지 번호만 알았을 뿐인데도 그가 옆에 있는 것처럼 느껴졌다. 보고 싶어 미치겠네. 손가락을 조금만 내리면 통화 버튼이었다. 후. 도연이 숨을 내쉬었다. 보고 싶은 데에는 장사가 없었다. 결국 버튼을 눌렀다. 여보세요. 여,에 미세한 악센트가 들어간 유철 특유의 억양이었다. 하도연입니다. 하아. 안도하는 듯한 유철의 숨소리가 전화기 너머로 고스란히 들렸다.

"기다렸습니다."

"지금 갈게요."

"거기 있어요. 내가 가요."

"내가 가고 싶어요."

유철이 도연에게 꼭 택시를 타라고 당부하며 내릴 곳을 알려주었다. 석촌호수 다리 앞으로 와요. 내가 있을게요. 알았어요. 어딘지 알아요? 알아요. 건너자마자 내려요. 네. 혹시 내가 안 보여도 가만히 있어요, 내가 찾아갈게요. 예에. 그러면서 다른 교통수단을 이용하게 되면 꼭 메시지를 달라고 신신당부했다. 어디든 내리는 곳에 서 있겠다고. 알았다고요. 그리고 전화를 끊었는데 문자메시지로 내릴 곳을 또 알려주었다. 석촌호수 다리 앞. 여전하네, 이 남자. 도연이 피식 웃고 얇은 카디건을 걸쳤다. 학원 수업이 있는 인영은 아직 오지 않았다. 도연이 인영에게 메시지를 남겼다. 엄마 나갔다 올게. 늦으면 먼저 자. 도연이 집을 나왔다. 도연의 등 뒤에서 전자키가 쉬익 소리를 내며 잠겼다.

택시가 양쪽에 호수를 낀 다리를 건넜다. 다리 앞에 유철이 있었다. 이스탄불에서처럼 슬랙스 바지에 운동화를 신은 편한 차림이었다. 도연이 저 남자분 앞에 세워주세요, 라고 했고, 기사가 능숙하게 유철 앞에 택시를 세웠다. 도연이 내리고 택시가 떠났다. 유철이 예의 그 뒷짐을 지고 도연을 맞았다. 도연도 똑같은 뒷짐으로 그와 마주했다.

"의원님."

"작가님."

누가 먼저랄 것도 없이 실소가 터졌다. 다시 만난 유철과 도연이 서로를 확인할 수 있는 웃음이었다. 어쩐지 미안하고 어쩐지 후련했다. 유철과 도연이 호숫가 둘레 산책길을 걸었다. 서로 너의 정체가 그거였냐고 따지지는 않았다. 몰랐어도 문제없었듯 알았어도 문제없는 거였다.

다시 만난 설렘과 반가움으로 그 순간을 즐겼다. 이번 행사 누가 기획했어요? 김보좌관님이 기획하고 제가 섭외했습니다. 저는 섭외 몇 순위였어요? 영순위. 그 밑으로는 없습니다. 도연이 얼굴을 돌려 유철을 빤히 보았다. 전부터 느낀 건데, 유철씨는 참 가만히 뻔뻔해요. 유철이 인정하듯 껄껄 웃었다. 유철과 도연이 그새 호수를 한바퀴 돌았다. 돌아 도연이 택시에서 내린 곳까지 왔다. 유철이 도연을 말없이 보았다. 너무 짧은 만남이어서 잘 가,라는 인사를 할 수가 없었다. 멀지 않은 곳에 자신의 숙소가 있음에도 차마 그 말을 꺼낼 수도 없었다. 이곳은 이스탄불이 아니었다. 방랑이 허용되지 않는 서울이었다.

"왜 그렇게 봐요. 할 말 있어요?"

"그냥, 조금만 더 보고 싶어서요."

"그럼 오늘 같이 잘래요?"

"잘합니까?"

"아시다시피요."

시간이 흘렀어도 몸이 서로의 감촉을 잊지 않았다. 우연히 눈에 띄어 샀는데 몸에 딱 맞아 더 기분 좋은 옷 같은, 그런 느낌이 있었다. 계속 입고 싶고 계속 입게 되는. 어떻게 입어도 좋은. 유철과 도연은 변하지 않은 그때의 그 감각에 안도하며 서로에게 마음껏 몸을 맡겼다. 어때요, 잘하죠? 알던 대로, 되게네요. 하하하. 둘이 있는 것이 좋아도 너무 좋아서 마주 보고 입맞추고 또 마주 보는 밤이었다. 도연이 유철의 팔을 베고 누워 그를 꼭 안았다. 유철이 제 다리를 도연의 다리에 감아 몸을 밀착시켰다. 완벽한 밀착이었음에도 도연의 몸에 거리낌이 없었다. 너무 아무렇지 않게 그의 곡선에 맞춰 안겼다. 완벽하게 내 남자라는 확신이 있을 때나 가능한 몸의 반응이었다. 그 편안함에 오히려 당황한 도연이 유철에게서 가슴을 살짝 떼었다.

"전에 나 앙카라에 갈 때 유철씨 안 갔잖아요. 혹시 여권 때문이었어요?"

"왜 그렇게 생각했어요?"

"갑자기 생각났어요. 여행사에서 여권 달라고 할 때 주춤했잖아요. 일이 있었던 게 아니라 여권 때문에 일이 생긴 거죠. 관용 여권이라. 맞죠? 가짜 강사님."

"혼자 심심했었어요."

"나도 그랬어요. 그런데 이 침대 좀 어떻게 안 될까요?"

"좀 시끄러웠죠?"

"삐걱삐걱, 얘가 우리보다 더 느끼는 것 같아요."

숙소를 얻고 급하게 놓은 간이침대였다. 유철과 도연은 조금만 움직여도 소리를 내는 좁은 침대에서 키득키득 오랫동안 수다를 떨었다. 근데 그…… 그 작가 알아요? 알아요. 싸인 좀 받아주세요. 그 깐깐한 의원님 싸인하고 바꿉시다. 오케이. 행사 때 필요한 거 있어요? 마이크. 테이블에 고정시켜주세요. 들었다 놨다 하는 거 불편해요. 보는 사람들도 정신 사납고요. 알았어요. 다른 건요? 글 쓰는 노동자들을 위해 마감무효법 좀 만들어주세요. 당장 추진해볼게요.

2

그것은 늘 무언가를
처음 하게 만든다

도연은 잠결에 누가 입을 맞추어 깜짝 놀랐다. 눈을 떠
보니 유철이 말끔한 정장 차림으로 얼굴을 가까이 하고
있었다. 도연이 아아, 하고 도로 눈을 감았다.

"조찬 회의가 있어요."

"나는 누가 그런 회의 하자고 하면 화염병 들고 갈 거예
요."

"더 자요, 전화할게요."

도연이 눈 감은 채 입술을 쭉 내밀었다. 유철이 도연에
게 입을 맞춰주고 오피스텔을 나갔다. 돌아왔을 때에도

그녀가 그대로 있길 바랐다. 이스탄불에서처럼 아직 잠든 그녀에게 다가가 더 잘래요? 하고 묻고 싶었다. 그러면 그때처럼 다 잤어요, 하고 잠결에도 안아줬으면. 침대부터 알아봐야겠군. 유철이 엘리베이터 버튼을 눌렀다. 아직 제 집에 도연이 있다. 기분 좋은 출근길이었다. 유철이 출근하고 얼마 뒤, 도연이 벌떡 일어났다. 못 살아. 도연이 서둘러 옷을 챙겨 입었다. 인영의 잔소리가 벌써 귀에 쟁쟁했다. 서두르면 등교 시간을 맞출 수도 있었다. 도연이 급히 오피스텔을 나갔다.

　도연이 현관에서 조용히 신발을 벗을 때, 인영이 방에서 불쑥 나왔다.
　"이제는 말도 안 하고 외박이야?"
　"연애하느라 바빠서 전화 못했어."
　"웃겨. 엄마 요즘 만나는 사람 없잖아. 또 누구랑 밤새 술 마셨지? 작가들은 왜 그렇게 시간 개념이 없어? 왜 밤에만 돌아다니는데!"

"우리가 음지를 지향하는 사람들이라……"

"됐고, 나 교통카드 충전해야 해."

도연이 얼른 지갑에서 돈을 내주고 인영을 배웅했다. 잘 다녀와. 인영이 도연을 흘겨보고 집을 나갔다. 늦지 않게 도착해 인영을 볼 수 있어서 다행이었다. 도연이 방으로 들어와 침대에 엎어졌다. 못다 잔 잠을 마저 자야 했다. 잠든 도연이 다시 눈을 뜬 것은 오후에 유철의 문자메시지를 받고서였다. 다음주 수요일 시청 소강당. 2시. 시간 되면 조금 일찍 와서 여기 식구들하고 점심식사 했으면 합니다. 도연이 답을 보냈다. 12시까지 갈게요. 그리고 편집자 시정에게 전화했다. 그때 그게 이러저러하게 됐는데 함께 갈 수 있겠느냐 물었고, 시정은 그게 그렇게 이렇게 된 거였군요, 비행기표 예매하고 연락드릴게요,라고 답했다. 마지막으로 어머니에게도 전화했다.

"엄마, 다음주 수요일 시간 돼? 나 지방 행사 있어."

"그날 바로 올라오니?"

"너무 멀어서 피곤하면 자고 다음 날 오려고."

"인영이는 괜찮니? 즈이 아빠 재혼한 거 알고 힘들어하던데."

"안 괜찮겠지. 혼자 이겨내는 중이야."

"기특한 것. 너는 좋은 남자 좀 없니?"

"어제 좋은 남자랑 자고 왔어."

"말을 말자. 알았어, 전날 미리 갈게."

언제쯤이면 결혼에서 자유로울 수 있을까. 한번 해봤고, 해보니 연애가 더 잘 맞았다. 2세 때문이라면 예쁜 딸이 옆에 잘 있다. 왜 그리 닦달하나. 당신 딸 멀쩡하게 잘 사는 거 알면서 왜 그러는지 모르겠다. 해보니까 안 좋습니다. 어지간히 합시다, 들!

K시 지역 주민들과의 만남이 있기 전날, 도연의 아버지와 어머니가 함께 집으로 왔다. 아버지가 큰 수박을, 어머니가 여러 밑반찬이 든 찬합을 들고 왔다. 도연이 수박을 건네받아 쟁반에 놓고 칼을 들었다. 기세 좋게 수박 가운데를 푹 찔렀는데 칼이 너무 깊이 박혔다.

"이게 왜 안 빠져. 아빠, 수박이 칼을 물었어."

"나와라."

도연의 아버지가 칼 손잡이를 쥐고 그대로 북북 수박을 갈랐다. 아버지는 도연이 늘 불안했다. 야무진 구석이 없었다. 집안 어른들은 오냐오냐 키워서 그렇다고 하지만 제가 마음먹은 것에는 놀라울 만큼 집중하는 아이였다. 그러면 됐지 뭐, 하고 키웠는데 나이를 먹어도 서툰 일이 많았다. 도연은 제 오빠가 초등학교 입학할 때 태어났다. 아들은 엄격하게 키웠다. 그러나 도연은 늦게 본 딸내미라 저 하고 싶은 대로 두었다. 그래도 누구한테 미움 살 행동은 하지 않았다. 캐러멜만 쥐여주면 오랫동안 얌전히 있었다. 오물오물 먹는 모습이 예뻐 나중에 언놈이 데리고 갈까 미리 질투도 했었다. 도연과 결혼할 남자는 아버지 기준에 완벽하게 부응해야 했다. 그런 놈이 아니면 절대 허락할 생각이 없었다. 그랬는데 도연이 대학 4년 때 언놈을 데려와 결혼하겠다고 했다. 나 임신했어요. 실습현장에서 만난 녀석이었다. 애를 지우라는 말이 목까지 올

라왔으나 둘이 얼마나 좋아하는지 차마 반대할 수가 없었
다. 내 딸이 좋아하는 남자라니까, 엄마 아빠 앞에서도 쪽
쪽 입맞추며 좋아하니까, 그래 해라, 하고 허락했다. 애들
이 애를 낳고 사는 것 같았다. 그래도 잘 사는가 싶던 어느
날, 도연이 그와 헤어지겠다고 했다. 바람피우더냐? 아니.
손찌검하디? 아니. 그런 문제가 아니었다. 부부면서도 같
은 것을 전혀 다르게 보았다. 가치관이 너무 달라 하루가
멀다 하고 부딪쳤다. 그게 맞지. 내 생각은 달라. 말을 해,
말을! 말하고 싶지 않아. 왜 남편한테 말을 못해? 내 남편
이 너라서. 그가 옷을 벗기는 것이 폭력으로 느껴졌을 때,
도연은 더이상 견딜 수가 없었다. 헤어져야 했다. 그러나
그런 것은 부모님이 용납할 이혼 조건이 아니었다.

"남들은 다르게 살 것 같으냐? 부부의 연이 그렇게 지
독한 거다."

부부가 뭔데 그토록 싫음에도 함께 살아야 합니까. 도
대체 부부의 연이 뭔데 단 한번의 선택으로 평생을 살라
고 하십니까. 인간이 그토록 완벽한 존재입니까. 도연은

실패한 결혼을 인정할 수 없다는 이유로 억지의 삶을 살 수는 없었다. 실패에 주저앉을 것이 아니라 새 삶을 살아야 했다. 그러나 그러한 생각을 입 밖으로 낼 수가 없었다. 통념에 어긋났으므로 말하는 순간 얻는 것보다 잃는 의미가 더 많았다. 그저 눈물만 뚝뚝 흘렸다. 너무 아픈 눈물이었다. 더 살라고 하면 그대로 녹아버릴 것 같았다. 그렇게 싫으냐? 싫어요. 헤어져라. 결혼하고 꼭 삼년 만이었다.

도연은 이혼하고 나서야 밝아졌고 종래의 예쁜 딸로 돌아왔다. 이제는 무슨 글을 쓰면서 이름 좀 난 모양이지만 아버지는 그럼에도 도연 옆에 든든한 배우자가 있길 바랐다. 아버지와는 다른 버팀목으로 도연 옆에 있길 바랐다.

"너 남자 있다고?"

"있어."

"결혼도 생각하고?"

"연애만 할 거야. 나는 연애가 체질인 것 같아."

"결혼해도 애 안 낳으면 연애하는 것처럼 살 수 있다."

"내가 벌써 낳았잖아."

"······인영이는 언제 오냐?"

저녁은 어머니가 미리 해온 반찬과 어머니가 여기서 한 반찬으로 차렸다. 밥은 도연이 올렸다. 맨날 두명 분만 하다가 네명 분을 하려니 밥물 맞추는 것에 실패했다. 너무 된밥이 되었다. 아버지 어머니는 네가 그렇지, 하고 넘어갔으나 인영은 콕 집어 지적했다. 진수성찬에 웬 누룽지 밥이야. 인영은 외할머니 오는 날만큼은 제대로 된 집밥을 먹을 수 있어서 군것질도 하지 않았다. 학원 수업으로 귀가가 늦어 그만큼 더 배고팠지만 꾹 참고 달려왔다. 그랬는데 씹어도 씹어도 잘 부서지지 않는 된밥에 짜증이 났다. 된밥이 위에는 좋다더라. 그럼 할아버지 더 드실래요? 난 됐다. 식사를 마치고 도연이 설거지를 끝냈을 때는 자정이 가까웠다. 아버지는 거실 소파에서 TV를 보며 잠들 것이었다. 어머니는 도연과 함께 자기로 했다. 도연이 어머니가 먼저 누워 있는 제 방 침대로 쏙 들어갔다.

"애, 너 진짜 남자 있어? 아빠한테 거짓말한 거 아냐?"

“있어. 내일 만나러 가잖아.”

“행사 간다며?”

“일도 하고 연애도 할 거야.”

“제발 좀 그래라. 얼른 자.”

도연이 씩 웃으며 이불을 목까지 끌어올렸다.

*

도연과 시정이 공항으로 마중 나온 김보좌관의 차에 탔다. 유철은 지역 사무실 직원들과 한정식 식당에서 도연 일행을 기다리는 중이었다. 김보좌관의 차가 공항로를 빠져나와 지방도로를 달렸다. 김보좌관은 과속 단속 카메라가 있는 곳에서만 속도를 잠깐 늦추고 나머지는 레이싱 하듯 달렸다. 굴곡진 길마저 휘이익 휘익 돌았다. 간담이 서늘해진 도연과 시정이 안전벨트를 꽉 쥐었다. 시정 씨, 우리 가는 식당 앞에 피니시라인 있을 것 같지 않아요? 1위는 우리가 확실해요. 다행히 유철이 기다리고 있는 식당은 지방도로 출구에서 멀지 않았다. 김보좌관의 차가 한식집 앞에서 멈췄다. 도연과 시정이 살아서 도착한 것에 안도할 지경이었다. 도연이 차에서 내려 식당을 살폈다. 까만 기와로 지붕을 덮은 한옥이었다. 각종 분재와 석등으로 꾸민 정원이 고풍스러웠다. 김보좌관이 유철과 통화했다. 작가님 도착하셨습니다. 도연과 시정이 김보좌관을 따라 정원 가운데를 통과해 후원 내실로 갔다. 내실 문 앞으로 신발들이 가지런히 정돈돼 있었다. 김보좌관이 노크하고 문을 열었다. 먼저 와 있던 여섯이 모두 서서 도연 일행을 맞았다. 도연이 고개를 살짝 숙여 인사하며 안으로 들어갔다. 유철이 도연에게 인사했다.

"어서 오세요. 오는 데 힘들지는 않으셨어요?"

"네. 공항에서 멀 줄 알았는데, 생각보다 빨리 도착했습니다."

김보좌관이 도연에게 유철 옆자리를 권했다. 도연이 안으로 들어가면서 시정에게 자신 옆으로 오라고 했다. 시정은 센스 있고 우직했다. 이런 어색한 자리에서 도연에게 난감한 질문이나 부탁이 들어오면 매끈하게 처리했다. 대개 본 김에 하는 청탁이나 강연 요청 등이었다. 그러면 시정이 바로 제 명함을 내밀었다. 도연은 그녀가 늘 든든했다. 모두 자리에 앉자 음식이 나왔다. 유철이 미리 주문한 이 집 대표 메뉴였다. 식사하는 동안 이러저러한 말이 오갔다. 도연에게는 보낸 대본은 마음에 드느냐, 의원님은 좀 알고 있었느냐 등등을 물어왔다. 도연은 의원님을 잘 알지는 못했지만 쓰신 책을 읽어보고 대략 감만 잡았다고 했다. 질문이 도연에게 이어지자 눈치 빠른 시정이 질문의 방향을 유철에게로 돌렸다.

"의원님은 선생님 책 좀 읽으셨어요?"

"이번에 선정된 책하고 전에 쓰신 거 몇권 읽었습니다."

"어떠셨어요?"

"재밌었습니다."

역시 시정이었다. 어떤 자리도 어려워하지 않았다. 청와대에서 대통령이 싸인을 받으려 해도 웃으며 줄 세울 사람이었다. 시정 때문에 웃느라 정신없는 도연에게 유철이 식사를 권했다. 곧 일을 해야 하니까 든든하게 잘 먹어두라고. 네, 거기 화전 좀 주세요. 유철이 화전 접시를 들어 도연이 손대지 않은 생선조림과 자리를 바꿨다.

"두분이 그렇게 계시니까, 꼭 부부 같습니다. 하하하."

김보좌관이었다. 그의 말에 다른 사람들도 맞장구로 거들었다. 진짜 그러네요. 하늘하늘한 베이지색 원피스를 입은 도연과 남색 정장 차림의 유철이 나란히 앉으니 그래 보이기도 했다. 후식으로 나온 수정과를 먹으면서도 김보좌관이 비슷한 농담을 이어갔는데, 도연이 이거 맛있네요, 하고 말을 돌렸다. 그러자 유철이 제 수정과를 도연에게 내밀었다. 더 드세요. 도연이 깜짝 놀랐다. 과민한 것인지는 모르겠으나 둘이 있을 때 유철이 종종 하는 행동이었다. 고맙습니다. 도연이 최대한 자연스럽게 그의 수정과를 받아 마셨다. 유철은 자신도 모르게 한 행동이었을 거였다. 후식을 다 먹어도 행사까지 조금 여유가 있었다. 그때문에 일단 시청 청사 일층 까페로 모두 자리를 옮기로 했다.

자갈이 깔린 주차장은 힐을 신고 걷기에 불편했다. 도연이 까치발로 걷자 유철이 팔꿈치를 잡아주었다. 고맙습니다, 도연이 인사했고 유철이 고개를 까딱했다. 차가 세대. 어느 것을 타야 하나, 도연이 잠시 머뭇했다. 유철이 도연의 팔꿈치를 놓고 차 문을 열었다.

"작가님은 제 차로 가시지요. 말 좀 맞춥시다. 보좌관님이 편집자님 좀 모셔주세요."

시정이 도연에게 작게 물었다. 괜찮으세요? 네. 시정이 김보좌관의 차로 갔다. 유철이 다른 사람들에게 먼저 출발하라고 했다. 일행이 탄 차 두대가 주차장을 빠져나갔다. 유철은 앞선 차량들이 식당 옆길로 사라질 때까지 기어를 바꾸지 않았다. 대신 기어 쪽으로 손을 뻗어 도연의 손을 잡았다.

"뽀뽀하고 싶지요?"

"네."

"이따가 많이 해줄게요."

유철이 기어를 바꾸고 출발했다. 유철은 김보좌관과는 비교도 안 될 만큼 느긋하게 달렸다. 과속방지턱이 아직 멀었는데도 미리 속도를 줄였다. 예쁘게도 하고 왔네요. 제일 좋은 옷 입었어요. 왜요? 예쁘라고. 유철씨 그 슈트 잘 어울려요. 제일 좋은 겁니다. 그래 보여요. 오늘 와줘서 고마워요. 출연료 입금은 신속하게 해주세요. 하하하. 차는 느리게 달렸고 신호등에도 자주 걸렸다. 그럼에도 차 안에 단둘이 있는 시간은 매우 짧았다. 유철의 차가 시청 청사 쪽으로 들어서자 출입문 앞에 서 있던 김보좌관이 손짓했다. 유철이 주차할 자리를 맡아둔 것이었다. 유철이 안내받은 곳에 주차하고 차에서 내리자 몇몇 시민들이 의원님! 하고 소리쳤다. 도연이 그들을 피해 먼저 까페로 들어갔다. 시정이 미리 사둔 레모네이드를 도연에게 내밀었다. 사무실 직원들은 행사 준비로 먼저 행사장에 들어가고 없었다. 도연과 시정이 음료를 마시며 창 너머로 유철을 보았다. 유철은 시민들과 사진 찍느라 바빴다. 시정이 도연에게 낮게 말했다.

"저 의원님, 대놓고 정치인 냄새가 안 나요. 그렇다고 너무 안 나는 것도 아니고. 포지션을 잘 잡았어요. 슈트발 좀 봐. 어깨 라인이 예쁜데 군살까지 없어서 핏이 똑 떨어져요. 식당에서 재킷 벗은 거 보셨어요? 와이셔츠에 넥타이만으로 패션을 완성시키더라고요."

도연이 무심한 듯 그저 고개를 끄덕끄덕 하는 것으로 시정의 말에 호응했다.

"저분 사모님이 관리를 잘해주는 것 같아요."

도연이 이번에도 역시 으음, 호응한 뒤 서둘러 화제를 돌렸다.

"근데 시정씨 동생 요맘때 결혼한다고 하지 않았어요?"

"이주 남았어요. 이제는 아주 둘이 대놓고 외박이에요."

"결혼 준비도 다 끝냈겠다, 지금이 제일 좋을 때죠."

"저러다 임신하면 어쩌려고 그러나 몰라요."

"어차피 낳을 거면 상관없죠. 엄마 아빠가 중요하지 결혼 전후가 뭐 중요해요."

"보기에 좀 그렇잖아요. 선생님은 어떠셨어요?"

"나는 손잡는 것보다 키스가 빨랐고, 결혼보다 임신이 빨랐어요. 하하하."

그때, 유철과 김보좌관이 까페로 들어왔다. 곧 행사 시작이어서 이제 소강당으로 가야 했다. 도연과 시정이 서둘러 자리를 정리했다. 유철이 김보좌관 뒤에서 도연을 보고 씽끗 웃었다. 도연은 못 본 척 레몬에이드를 마시며 새침한 표정으로 까페를 나갔다.

유철의 짧은 인사말로 행사가 시작됐다. 유철이 인사를 마치고 내려가자마자 진행요원들이 테이블을 무대로 올렸다. 테이블용 작은 스탠드마이크도 두개 놓였다. 사회자는 핸드마이크를 사용하고 도연과 유철만 스탠드마이크를 사용했다. 도연은 어색한 무대에서 마이크를 든 손까지 불편한 것이 싫었다. 옆 사람 말이 길어지면 잠시 내려놓기는 해도 질문이 오면 곧 다시 들어야 했다. 한번은 멍하니 다른 사람 말을 듣고 있다가 작가님? 하고 질문하기에 그대로 대답했는데, 마이크 들고 얘기해주세요, 하는 바람에 상당히 멋쩍었었다. 이날은 그럴 염려가 없었다. 무대가 정돈되고 유철과 도연이 함께 올라갔다. 청사 입구에서는 아무도 도연을 알아보지 못했지만 사회자가 소개를 하니 그제야 여기저기서 웅성거렸다. 사회자가 가벼운 질문으로 시작 분위기를 띄웠다.

"작가님, 진의원님 지나치게 잘생긴 것 같지 않습니까?"

"그냥 잘생기셨습니다."

"예에. 그럼 그냥 잘생긴 의원님께 묻겠습니다. 작가님은 어떠세요?"

"지나치게 예쁘십니다."

"어, 이거 미묘한 답인데요. 작가님, 의원님하고 한번 싸워보실래요?"

"제가 잘못했습니다. 죄송합니다."

유쾌한 출발이었다. 본 질문은 대개 유철이 답해야 하는 것들이었다. 청년 일자리, 경전철의 수익 구조, 중소기업의 열악한 노동 환경, 재래시장의 공용주차장 설립 등 지역 현안에 관한 질문이었다. 유철은 진지하고 차분하게 제 의견을 말했다. 도연은 외부인 눈에 비친 지역 감정에 대한 사견, 지역 예술인에 대한 처우와 활동 제약, 예술가는 타고나는 것인가, 하는 질문 등을 받았다. 유철과 도연이 무대에서 재치 있는 우스갯소리를 잘 못하는 사람들이라 종종 분위기가 가라앉기도 했다. 하지만 행사에 대한 전반적 평가는 나쁘지 않았다. 경과보고처럼 유철 혼자 떠드는 것보다 좋았다는 의견이 많았다. 도연과 유철은 주민들과 기념 사진을 찍고 싸인도 한 뒤에 행사를 마무리했다. 도연은 행사를 마치자마자 공항으로 출발했다. 그러나 유철은 주민들과 조금 더 함께해야 했다. 도연이 공항에 막 도착했을 때 유철에게서 메시지를 받았다. 7시 비행기로 올라갑니다. 맛있는 거 사 갈게요.

*

먼저 잠실 오피스텔에 도착한 도연이 준비해 온 편한 옷으로 갈아입었다. 돌돌 말면 가방에 쏙 들어가는 면 재

질의 홈웨어 원피스였다. 스타킹을 벗으니 그제야 다리
가 숨을 쉬는 것 같았다. 보통 때는 스니커즈를 신어서 구
두를 신은 이날은 종아리까지 아팠다. 도연이 벗은 옷가
지를 들고 오피스텔을 둘러보았다. 지난번과는 사뭇 다
른 모습이었다. 발에 치이던 잡다한 물건들이 거의 사라
졌다. 창가 책상 앞으로 이인용 소파가 아담하게 놓였고,
새로 들인 침대는 파티션으로 잘 가려져 있었다. 마냥 사
무실 같았던 오피스텔이 살짝 아늑하게 바뀌었다. 도연이
들고 있던 옷가지와 가방을 소파 한쪽에 내려놓았다. 유
철이 올 때까지 눈을 붙일 생각이었다. 간밤에는 아버지
가 크게 틀어놓은 TV 소리에 잠을 설쳤고, 아침에는 밥을
챙기는 어머니 때문에 늦잠도 못 잤다. 그 상태로 행사를
다녀왔더니 밀린 잠이 쏟아졌다. 침대 좋은 걸로 바꿨네,
하며 푹 잠든 도연이 억지로 눈을 뜬 것은, 제 몸 위로 올
라와 마구 키스를 퍼붓는 유철 때문이었다.

"뭐야, 잠깐만요, 잠깐만요."

"신랑도 안 왔는데 각시가 먼저 자면 됩니까?"

여전히 비몽사몽인 도연이 허탈하게 웃었다.

"졸려 미치겠네. 일단 한번 합시다."

도연은 잠결에 키스하고 잠결에 그를 깊이 받아들였다. 그럼에도 잠기운이 얼마나 센지 계속 나른하고 졸렸다. 자다 말고 뭐 하는 짓인가. 도연은 그 상황이 어이없어 흐흐 웃었다. 하란다고 진짜 하는 유철의 순진함도 귀여웠다. 맛있는 거 뭐 사 왔어요? 우리 지역 명품 도시락. 수제 떡갈비 도시락이에요. 으음. 빨리하고 먹을까요? 아니, 이렇게 하니까 되게 좋아요. 흐흐흐…… 웃겨 죽겠네. 유철이 도연의 이마에 입을 맞췄다. 유철은 도연과 같이 한 프로그램을 마치고 온 것이 좋았다. 이스탄불에서는 상상도 하지 못한 일이었다. 같이 한 무대를 만들 수 있는 여자. 섹시했다. 도연은 유철과 전혀 다른 일을 했지만 대중을 상대로 한다는 공통점이 있었다. 잘하니 못하니 해도 대중 앞에서 취해야 할 태도를 알고 있었다. 행사 뒤에는 주민들의 사진 촬영 요청으로 장내가 어수선했는데, 그 속에서도 도연의 태도가 눈에 띄었다. 자신이 프레임 안에

있어야 할 때와 완전히 빠져야 할 때를 잘 알았다. 어정쩡
하게 있다가 여기도 끼고 저기도 껴서 사진마다 등장하
는 촌스러운 행동은 하지 않았다. 주민들이 뻔히 유철과
의 사진을 원하는데 눈치 없이 저도 같이 찍지 않았다. 예
의상의 말은 예의로만 받고 유철을 단독으로 주목받게 했
다. 도연은 초대 인사였지만 주인공은 분명 유철인 까닭
이었다. 조연이 주연처럼 행동하면 불편하다. 도연은 조연
으로서 충실했고, 유철을 주민들에게 완벽하게 넘겼다. 내
가 이 남자의 여자야, 하는 알량한 우쭐함으로 곁에서 얼
쩡거리지 않았다. 죽이든 살리든 당신들이 알아서 하십시
오. 그들이야말로 유철을 유철로 만들고 유지시키는 당사
자들이었다. 그들이 죽이고자 하면 죽고, 살리고자 하면
죽었다가도 되살아났다. 그것이 대중 앞에 선 자들의 운
명이었다. 지인이네 가족이네 관계를 내세워 시답잖게 굴
면 한순간에 날아갈 수도 있었다. 남보다 더 남처럼 뚝 떨
어져야 했다. 도연은 단체 기념 사진을 찍고 몇몇 주민들
과 개인 사진을 더 찍은 뒤 강당을 빠져나갔다. 근처 어디

에도 몸을 두지 않았다. 유철도 제 여자가 가까이에 있으면 신경만 쓰일 거였다. 알아서 빠져줘야 했다. 먼저 가겠습니다. 네. 유철도 악수로 도연을 배웅했다. 프로구나. 도연의 또 다른 모습이었다.

"근데 작가님 너무 빨리 갔다고 서운해 하는 분도 많았어요."

"거기서는 내가 당신 주인이 아니었잖아요."

"여기서는?"

"나."

명품 도시락은 식어도 맛있었다. 함께 마신 맥주도 좋았다. 유철이 도연에게 언제든 자유롭게 오피스텔을 쓰라고 했다. 그러나 도연은 그러고 싶지 않았다. 유철의 공간을 자유롭게 점유할 여자는 자신이 아니었다. 나는 이만큼만 가지겠습니다. 도연이 유철의 어깨에 머리를 기댔다. 얼마 마시지도 않은 맥주가 슬슬 올라오는 것 같았다. 유철이 도연의 어깨를 감쌌다. 그리고 가만히 물었다.

"도연씨, 내가 프러포즈 하면 받아줄래요?"

"남편급 애인 정도로 받아줄게요."

"내가 남편으로 싫은 건 아닌 거죠?"

"싫진 않죠. 갑자기 왜 그래요? 혹시, 이혼 생각해요?"

"벌써 했죠. 도연씨보다는 많이 늦었지만."

"뭐라고요? 그걸 왜 이제 얘기해요!"

아 진짜…… 화가 나네. 유철이 흥분해서 아무 말이나 퍼붓는 도연에게 연신 입을 맞추었다. 잠깐만 좀! 미안해요, 나도 당신 이혼한 거 몰랐었어요. 그래서 말할 수가 없었어요. 유철은 제 이혼이 유부녀인 도연에게 부담을 줄까봐 말을 아꼈었다. 도연이 유철을 꼭 안았다. 그동안 둘이 꼭 같은 마음이었다. 그래서였다. 도연이 이곳에 처음온 날 몸이 먼저 알아버렸다. 유철이 거리낌 없이 폭 안았으므로 도연도 당연하게 안겼다. 몸이 본능적으로 제 짝을 감지했다. 그래서 그렇게 편했던 거였다. 도연이 유철에게 가볍게 입을 맞췄다.

"사랑해요."

"이 말 꼭 듣고 싶었는데, 오래도 걸렸네요."

"이제 많이 해줄게요. 세상에, 술이 확 깨네."

"우리 시원하게 호수 산책하고 올래요?"

"가요."

유철이 도연의 이혼을 알게 된 것은 서울행 비행기에
서였다. 오후에는 주민들과 만나는 자리의 뒤풀이 회식이
있었다. 유철과 김보좌관은 다음 날 국회 일정으로 먼저
일어나야 했는데, 유철이 공항으로 가기 전에 유명한 도
시락집부터 들렀다. 이 집 대표 도시락을 두개 예약해두
었다. 두개라. 김보좌관이 유철을 보좌한 이래 처음 있는
일이었다. 김보좌관의 의심이 역시로 바뀌었고 비행기 내
에서는 확신으로 굳었다. 의심은 도연을 섭외하는 과정에
서 시작됐다. 유철이 최측근용 번호를 도연에게 넘겼다.
단순 섭외라면 가당치도 않은 일이었다. 그 여자한테 마
음이 있나? 딸이 있다고 했다. 유부녀와 잘못 얽히면 정치
생명이 끝날 수도 있었다. 김보좌관은 익히 친분을 쌓아

둔 출판계 인사를 통해 도연에 대한 간략한 정보를 얻어
냈다. 오래전에 이혼한 상태였다. 상당한 판매 부수를 기
록한 대표 도서도 있었다. 그 작가였구나. 의외였고 나쁘
지 않았다. 그러던 차에 유철이 도연과 연락이 닿았다는
말을 들었다. 섭외에도 성공했다. 상황이 이러하니 김보좌
관의 촉이 곤두설 수밖에 없었다. 슬쩍슬쩍 둘을 연관 짓
는 농을 던지면서 주시했다. 숫기 없는 유철이 도연에게
다가가는 모습을 지켜보는 재미도 쏠쏠했다. 그러나 점심
식사 자리에서의 유철은 더이상 숫기 없는 남자가 아니었
다. 도연에게 수정과를 건네준다거나 주차장에서 팔꿈치
를 잡아주는 행동도 자연스러웠다. 도연은 또 어떤가. 그
의 행동에 전혀 개의치 않았다. 서로 호감이 있는 것이 분
명했다. 회식 자리에서 공항으로 가기 전에는 김보좌관
이 유철의 차를 직접 지역 사무실 주차장으로 옮겼다. 다
른 직원이 옮겨도 되는데 굳이 자신이 다녀왔다. 블랙박
스 때문이었다. 분명 둘이 탔을 때의 대화가 녹음되어 있
을 거였다. 그는 주차장에서 블랙박스 메모리를 빼내어

제 스마트폰에 끼웠다. 뽀뽀하고 싶지요? 네. 유철과 도연은 김보좌관의 추측보다 훨씬 더 가까워져 있었다. 오호라. 둘 사이를 확신한 김보좌관이 비행기에서 유철을 떠보았다.

"도시락을 두개 사셨네요? 약속 있으십니까?"

"예."

"예에, 그런데 작가님은 그동안 왜 재혼을 안 하셨대요?"

"재혼이요?"

"딸이 있어서 힘드셨나?"

"뭐, 딸이 있다고 못했겠습니까. 그럴 만한 사람이 없었겠지요."

"이혼했어도 워낙 유명한 작가라 눈이 높겠지요?"

"근데 보좌관님은 이런 얘기를 어디서 들으셨습니까?"

"출판 쪽에 아는 사람이 좀 있습니다."

"예에……"

"혹시 도시락을 기다리는 사람이 작가님입니까?"

유철이 허허 너털웃음을 지었다. 맞군요. 잘 만나고 있습니다. 도연의 이혼은 그렇게 알게 된 거였다. 김보좌관에게 몰랐었다고 차마 말할 수가 없었다. 몰랐음에도 만났다고 하면 말만 길어질 터였다. 그럼에도 입꼬리가 자꾸 올라가는 것은 어쩔 수 없었다. 존재하지 않는 남편을 질투한 자신이 바보 같았다. 도연의 남자는 어느 누구도 아닌 자신이었다. 오피스텔에 있을 도연이 너무 보고 싶었다. 이날따라 비행기가 왜 그리 천천히 나는 것 같던지 길이 막히나, 하고 창밖을 내다보기도 했다. 오늘 비행기가 좀 천천히 달리는 것 같지요? 글쎄요, 저는 똑같은 거 같은데요. 침대에서 잠든 도연을 보자마자 마구 키스를 해댄 이유였다.

늦은 밤의 호숫가는 호젓했다. 주변 건물들과 가로등의 빛이 호수에 잠긴 야경도 좋았다. 차분하면서 동시에 화려한 밤 풍경이었다. 유철과 도연이 주변을 둘러보고 산책로로 내려왔다. 저 멀리 한 연인이 앞서 걷고 있었다. 술에 취했는지 호숫가 화단 울타리에 기대어 잠든 남자도 있었다. 한적하고 조용한 밤길이었다. 그 길을 도연과 유철이 느릿느릿 걸었다. 여기에 리버덕이 있었어요. 직접 봤어요? 네. 나는 그게 왜 있는지 당최 모르겠던데. 사실 나도 보러왔지만 그걸 보자고 왜 그렇게 사람이 몰렸는지 잘 모르겠더라고요. 유철과 도연이 마음 맞아 험담하는 사람들처럼 키득키득 웃었다. 개가 평화 메시지를 달고 다닌다잖아요. 근데 하필 나 왔을 때 철퍼덕 드러누워 가지고, 딸하고 싸웠어요. 왜요? 원래는 전날 오기로 했는데 내가 자느라 못 왔거든요. 다음 날 왔더니 덩치도 산만한 오리새끼가 술 먹은 것처럼 퍼져 있더라고요. 도연이 퍼진 오리가 있었던 곳을 보며 웃었다. 그 모습이 예뻐 유철이 도연에게 살짝 입을 맞췄다. 도연도 그런 유철이 예뻐 다시 입을 맞췄다. 가벼운 키스는 연인의 즐거운 놀이였다. 그러면서 도란도란 호숫길을 걸었다. 유철이 이 동네에서 몇년 살아보니 벚꽃 피는 계절의 호수가 가장 예쁘다고 했다. 위에서 보면 커다란 화관 같다고. 그때면 여의도에도 한창이잖아요. 네. 봄 되면 유철씨는 벚꽃 속에서 사네요. 내년에 여의도에서 벚꽃 데이트 할까요? 도연씨가 잘 모르는 것 같은데, 직장 근처에서 데이트하고 싶은 직장인 별로 없어요. 집 근처는 괜찮아요? 직장만 할까요. 그럼 그때 여기 다시 걷고 이제 들어가요, 피곤해요. 그래요, 들어가요.

*

다음 날 아침, 유철이 먼저 일어나 국회로 갔다. 도연은 조금 더 잔 뒤 오후가 되기 전에 집으로 돌아왔다. 도연의 아버지는 전날 먼저 집으로 가고 없었다. 어머니가 예상보다 일찍 온 도연을 보고 반색했다. 원래는 이날 친구들과 온천 약속이 있었다. 그러나 도연이 불편해할까봐 말을 하지 않았었다. 이제 출발해도 서둘러 가면 친구들을 만날 수 있었다. 뒤늦게 사정을 들은 도연이 어머니의 용돈을 챙겼다. 얼른 가, 고생했어. 고맙다. 어머니가 도연의 엉덩이를 팡팡 두드리고 집을 나갔다. 온천 약속이 있었구나. 미리 알았더라면 어머니를 부르기 곤란했을 것이다. 늘 그랬다. 도연이 엄마 나 어디 가, 하면 어머니는 알았다,로 답했다. 그것으로 포기해야 할 자신의 일정이 있을 텐데도 그런 사정을 도연에게 알리지 않았다. 인영이 도연에게 모든 것의 '첫'이듯 도연도 아마 어머니에게 그러했을 것이었다. 도연은 알아서든 몰라서든 어쩔 수 없이 그것을 누렸다. 어머니여야 안심됐다. 그러나 안심과 미안함은 별개여서 마음은 늘 무거웠다. 어머니가 거실 커튼을 떼어 빨아 널어놓았다. 가스레인지가 새것처럼 빛났다. 냉장고 속 묵은 반찬들을 버리고 당신이 새로 해 넣었다. 그냥 놀다 가지. 왜 그렇게 불안해하는 거예요. 어쨌거나 잘 살고 있잖아요. 이만큼 컸고 이만큼 살았으면 또 그만큼 살겠지요. 자식 걱정만큼 부질없고 헛된 수고가 또 있겠습니까. 도연이 커피 물을 올렸다. 간밤에 잠도 푹 잤으니 어쨌든 깨끗한 집에서 종일 책을 읽고 싶었다.

도연이 책상에 독서대를 올리고 그동안 읽기를 미뤘던 책을 챙겼다. 방해받지 않기 위해 휴대전화도 꺼두었다. 커피를 마시고 담배를 피우며 배고프면 라면도 끓여 먹으면서 느긋하게 읽었다. 그러다가 뒷목이 뻐근해 목을 잡고 스트레칭을 했다.

"엄마야! 너 왜 그렇게 서 있어. 언제 왔니?"

인영이 문지방에 서서 도연을 노려보고 있었다.

"꼭 이런 일로 실시간 검색어로 떠야 해?"

"뭐가 떴어?"

"왜 연애를 온 동네 떠들고 다니면서 해? 쪽팔려서 진짜……"

인영이 휙 돌아 제 방으로 가버렸다. 도연이 노트북을 켜고 곧장 포털사이트에 접속했다. 아! 마우스를 잡은 손에 힘이 쑥 빠졌다. 기사 제목만 봐도 감이 왔다. 늦은 밤 호수에서 무슨 일이? 한밤의 밀애 혹은 불륜? 호기심을 유발하는 자극적인 제목이었다. 기사마다 간밤에 유철과 호수를 산책했던 사진이 실렸다. 사위가 어두웠으나 두 사람을 몰라볼 정도는 아니었다. 입을 맞추는 사진과 유철이 도연의 손을 잡고 뒷짐 진 사진이었다. K시 올해의 책 도서 선정에 유철의 입김이 작용한 것이 아닌가 하는 의혹도 제기됐다. 제목은 자극적이지만 기사는 관계자의 말을 빌려 현재 좋은 관계를 맺고 있다,고 정확하게 썼으니 뭐라고 할 수도 없었다. 도대체 관계자가 누구인가. 이 사실을 아는 사람은 유철과 자신뿐이었다. 도연이 댓글을 살폈다. 그래서 불륜이라는 거야, 아니라는 거야? 아래 난 독증 있냐? 기사에 좋은 관계라잖아. 각도상 몰래 찍힌 사진이 아님. 우리 집에도 저 작가 책 있는데, 난 별로. 여기서 주시할 것은 도서 선정 과정입니다. 저 의원이 관여했다면 심각한 겁니다. 현재 시각 5시 50분. 인터넷발 첫 기사는 오전 11시 30분에 났다. 도연은 휴대전화 전원을 끈 것을 후회했다. 켜두었다면 유철에게서 벌써 연락 받았을 거였다. 도연이 곧바로 전원을 켰다. 여기저기에서 문자메시지가 와 있었다. 도연은 메시지를 확인하지 않고 유철에게 전화했다. 예에, 하고 유철이 받았다.

"유철씨가 관계자예요?"

"의원실에서 나간 해명입니다. 보좌관님이 물어보더라고요."

"으음. 알았어요. 그럼 다 된 거죠?"

"한번은 명확한 입장을 밝히는 게 나을 것 같아요."

"유철씨가 기자한테 직접 말하지 그랬어요."

"도연씨한테 물어보려고 했는데 전화기가 꺼져 있더라고요."

"책 좀 봤어요."

"내가 말할까요?"

"네."

"혹시 인영이도 기사 봤어요?"

"걔가 말해줬어요. 이따가 얘기 좀 하려고요."

"네에. 저기…… 말 좀 잘해주세요."

도연이 픽 웃고 전화를 끊었다. 가만히 뻔뻔하고 신중하게 귀여운 남자였다.

인영의 방으로 가기 전에 도연이 담배부터 피웠다. 세상에서 딸이 가장 어려웠다. 명백한 잘못을 하고도 부모에게는 도움을 요청하며 피신할 수 있었다. 그러나 딸은 달랐다. 잘못이 아님에도 딸의 규정으로 말미암아 죄인으로 몰려 사죄하는 일이 종종 벌어졌다. 인과관계는 필요없었다. 딸의 감정법에 따라 유무죄의 판결이 내려졌다. 낮 동안 벌어진 요란한 소동이 인영 마음에 들 리 없었다. 안 그래도 자신을 공개시키는 직업을 가진 엄마였다. 인영은 그것이 자랑이기도 하고 불만이기도 해서 결과적으로 불만이었다. 도연도 그런 인영의 심중을 헤아려 최대한 노출을 자제했다. 그런데 이런 일이 터졌다. 요란하게 연애한 죄. 아마, 이번 죄목은 그러할 것이었다. 도연이 담뱃불을 끄고 인영의 방으로 갔다. 똑. 똑. 대답이 없었다. 엄마 들어간다. 인영이 유튜브로 동영상을 보고 있었다. 도연이 책상 옆 침대에 걸터앉았다. 인영은 여전히 동영상에서 눈을 떼지 않았다.

"딸, 그래도 전에 만난 사람들보다는 낫지 않니?"

"뭐래…… 하나도 안 섹시하더구만."

"아냐, 가만히 섹시해. 너 슈트 좋아하지? 이 아저씨 맨날 슈트 입는다."

"뭐래는 거야, 진짜. 엄마 담배 피웠지? 담배 피우면서 키스하고 싶어?"

"우린 되게 잘해."

"그래서 길에서도 하셨어요?"

"키스는 자연스러운 스킨십이야. 그렇긴 한데, 이제 길에서는 안 할게."

"맘대로 하세요. 나가, 나 이거 봐야 해."

"알았어, 이따가 저녁 먹자."

"으이구, 늙어 보이게 국회의원이 뭐야……"

"안 늙었어, 기집애야!"

"밥 줘!"

도연이 인영을 확 째려보고 방을 나왔다.

이날 밤, 유철이 자신의 페이스북에 간략한 해명서를

올렸다. 둘은 K시 올해의 책 선포식 날 만났으며, 그 뒤로 좋은 관계를 맺고 있다는 입장이었다. 둘 다 아픈 경험이 있어 신중하게 만나고 있다는 우회적인 말로 불륜이 아님을 명확히 했다. 의혹으로 제기된 K시 올해의 책 도서 선정 과정에 대해서도 입장을 분명히 했다. 이날 해프닝에 덩달아 화들짝 놀란 K시 도서 선정팀에서 발 빠르게 보도자료를 냈는데 그 기사도 링크해두었다. 기사에는 후보 선정과 투표 과정이 도표로 자세히 나와 있었다. 그 정도였다. 더 요란 떨 필요가 없었다. 만나냐고 물었으니 만난다고 답한 것뿐이었다. 덕분에 축하 인사가 이어졌다. 예쁘게 만나라는 격려도 있었다. 유철은 제 글 아래 붙은 댓글들을 읽으며 기분 좋게 웃었다. 고맙습니다. 요란한 연인 신고식이었다.

*

김보좌관이 메모리에 저장한 동영상과 사진을 정리했

다. 이만하면 좋은 성과였다. 비행기에서 둘의 관계를 확인한 순간부터 김보좌관은 몸이 달았다. 둘의 시너지가 좋았다. 우리나라 군인 복지는 다른 선진국에 비해 어떤가요? 많이 부족합니다. 생활관만 해도 평균적으로 군인 한 사람에게 할당된 평수가 교도소 수감자보다 더 좁아요. 이런 문제 말고도 개선해야 할 사항이 많습니다. 국방위에서 심도 있게 논의 중인데요, 군인들의 복지와 인권이 나아지도록 노력하겠습니다. 책 안 읽는 시대라는 말이 심심찮게 들립니다. 매체의 변화도 변수가 될 것 같기는 한데, 작가님 생각은 어떠세요? 책 말고도 좋은 매체가 많은 시대죠. 책만 우아한 매체가 아닙니다. 여전히 찬반이 분분한 도서정가제, 안 좋은 경기 등도 변수가 되겠지요. 그런데 쓰는 입장에서는 환경을 탓할 수만은 없습니다. 어떠한 경우에라도 독자들을 잡지 못한 저 같은 사람의 책임이 가장 크기 때문입니다. 더 노력하겠습니다. 적당한 질문과 대답으로 서로의 존재를 부각시켰다. 도연은 유철의 연인으로 아주 좋았다. 잘 활용하면 도무지 눈에 띄지 않는 지방 의원인 유철을 전국에 소개할 수도 있었다. 유철은 비례대표 의원 시절에도 주목을 받지 못했다. 이번 총선에서는 다른 막강한 영입 인사들에게 국민들의 시선이 쏠렸다. 유철이 그나마 주목받은 때는 경남에서의 야당 당선인 시절이었다. 그러나 곧 초유의 국정농단 사태가 터졌다. 경남에서의 당선이라는 호기가 초대형 이슈에 묻혔다. 피지 못한 봉오리 의원이 돼버린 것이다. 김 보좌관은 늘 저 봉오리를 틔우고 싶었다. 그런 차에 나타난 도연이었다. 둘이 좋아 만나다가 누가 물으면 네, 하고 말 일이 아니었다. 정치인이면 연인도 정치적으로 활용할 줄 알아야 했다. 그렇다고 혼자 꾸며내기엔 위험했다. 놀란 연인이 어떤 발표를 할지 몰랐다. 깔끔하게 가야 했다. 김보좌관은 공항에서 나와 택시를 잡을 때까지 고민했다. 그러다가 마침내 유철을 잡았다.

"의원님, 오늘 사진 몇장만 찍겠습니다."

"누구를요? 저요?"

"두분이요. 나쁘지 않게 사용하겠습니다."

"사용한다는 건……"

개인적인 이슈로라도 유철의 인지도를 올려야 했다. 유철에게 가장 부족한 부분이었다. 인지도가 높아지면 당에서도 함부로 대할 수 없다. 인지도만큼 따라붙는 눈과 입을 무시할 수가 없다. 그러나 유철이 굵직한 사안을 건드리지 않는 한 자신을 드러낼 방법이 없었다. 제법 큰일을 해내도 국회의원으로서 당연한 일이었다는 생각이 저변에 깔려 그때만 반짝했다. 사람들의 감정을 움직여야 각인될 수 있었다. 사랑. 이보다 좋은 것이 없었다. 결혼한 남자는 안정적으로 보이는 반면, 연애하는 남자는 섹시해 보인다. 국회의원이 워낙 보수적인 직업이어서 결혼은 그러려니 넘기지만, 연애하는 의원은 새롭고 신선해 보였다. 연애라는 단어가 가진 프리미엄 효과였다. 상대마저 눈길을 끌면 더할 나위 없이 좋았다. 하도연. 제 이름만으로도 기사 한줄쯤은 뽑아낼 수 있는 여자였다. 그녀의 연인. 대중은 둘에게 관심이 없었어도 기사를 그냥 넘기지는 않을 거였다. 유철에게는 매우 좋은 기회였다.

"제가 하겠습니다. 두분은 모르는 일입니다. 잠시 나와 주시기만 하면 됩니다."

사랑을 사용한다. 유철이 쉽게 거절하지 못하고 갈등했다. 시간은 놀랄 만큼 빠르게 흘렀다. 어제 당선증을 받은 것 같은데 벌써 후보 등록일이 다가왔다. 잊히는 것은 저 속도보다 더욱 빨랐다. 어떤 성과를 내도 그새 잊히고는 했다. 유철이 다른 지역으로 강연을 가면 커다란 현수막이 붙었음에도 저 사람 누구야? 하는 소리를 종종 들었다. 동료 의원과 함께하면 객석의 눈은 그쪽으로 쏠렸다. 부정할 수 없는 현실이었다. 당연 도연은 그런 자신에게 도움이 될 수 있는 사람이었다. 그렇다 하더라도 어떻게 그런 짓을 꾸미나. 유철은 도연에게 도움을 요청할 수도 없었고, 김보좌관의 제의를 거절할 수도 없었다.

"바로 해명하면 됩니다. 작가님께는 죄송하지만 감추는 것이 더 나을 때도 있습니다. 언짢으시겠지만 의원님한테는 절실한 일입니다. 두분이 만나는 건 사실이잖습니까."

"……알겠습니다."

그렇게 찍힌 사진이었다. 김보좌관은 동영상으로 촬영한 뒤 좋은 장면을 캡처했다. 그 사진을 지역의 한 신문사에 익명으로 제보했다. 순진한 열혈 시민이 국회의원과 소설가의 불륜을 의심했다. 그러나 그것은 전화 몇통만으로도 확인이 가능한 사안이었다. 그랬기에 입을 맞추는 장면을 보냈다. 그래야 사진만으로도 흥미를 끌 기사를 만들 수 있었다. K시 올해의 책 도서 선정 의혹은 계획에 없었다. 아마도 기사 작성 과정에서 발생한 의혹 같았다. 덕분에 K시에서 해명 보도자료를 내면서 일이 더 커질 수 있었다. 일이 잘 풀리려니 의도치 않은 행운이 겹쳤다. 포털에 실시간으로 이름이 오른다는 것이 얼마나 힘든 일인가. 절묘한 사진 덕이었다. 김보좌관은 자신이 캡처한 사진을 가만히 보았다. 유철은 김보좌관이 여의도를 떠나려고 할 때 만난 새내기 의원이었다. 그곳 밥이 더는 넘어가지 않았었다. 벌써 20년이었다. 그동안 무수한 일을 겪으며 보좌직을 천직으로 알고 지냈다. 그 때문에 심지어 공천 이야기가 나와도 그 자리를 고수했었다. 그런데 그때는 그도 지칠 만큼 국회 내 분위기가 매우 안 좋았다. 총선을 앞두고 분당되면서 서로 살벌하게 견제했다. 내놔라 못 준다 하면서 폭로전이 이어졌다. 서로를 너무 잘 아는 것이 문제였다. 가족일 때는 관행이었던 일들도 헤어지면서 적폐가 되었다. 이 적폐의 피해를 보좌관들이 줄줄이 입었다. 이유는 많았다. 갖다붙이면 이유가 되었다. 그의 실수로, 그가 몰라서, 그의 일탈로, 의원도 모르게 등등. 유능했던 이들이 하루아침에 무능하고 사악한 존재가 되어 짐을 쌌다. 보좌관의 목숨이 파리 목숨인 게 어제오늘 일은 아니지만 그해는 유독 심했다. 더럽다, 더럽다, 이토록 더러운 판이 있나. 지독한 염증으로 떠나자,고 마음 정한 차였다. 그랬던 그를 잡은 것이 당시 당대표였다. 본디 자신이 몸담은 판이 가장 더러워 보이는 것입니다. 가기 전에 사람 하나만 보고 갑시다. 진유철 의원하고 동향이지요? 비례대표 영입 소문은 보좌진들 사이에 암암리에 퍼지기 마련이라 유철의 이야기도 당선 전부터 들은 터였다. 당대표는 그가 유철을 봐주길 바랐다. 의원의 정치력은 그의 보좌진을 보면 대충 그림이 나왔다. 제아무리 잘난 의원도 그에 상응한 수족이 없으면 임기 내내 헛발질했다. 유철의 경우는 오히려 보좌진에게 휘둘리기 십상이었다. 그런 사태를 염려한 듯 당대표가 김보좌관을 유철에게 붙인 것이다. 그는 정무와 정책 능력을 고루 갖춘 베테랑이었다. 유철이 어떤 위인인지는 몰라도 아직은 버리면 안 되는 인물인 것만은 분명했다. 그랬기에 김보좌관은 이 초짜 의원에게 자신의 마지막을 걸어보기로 했다. 잘 모시겠습니다. 그렇게 시작된 인연이었다. 비례대표 시절 유철만큼 마음고생 심한 의원도 없었다. 그는 화제의 영입 인사가 아니었다. 특정 분야에서 이름 날린 전문가도 아니었다. 구색용 카드였다. 당신들의 작은 목소리도 잘 듣고 있으니 우리 당에 표를 주십시오. 그런 그에게 무게감 있는 일이 맡겨질 리 없었다. 재선의원이 되었다고 크게 변한 것도 없었다. 국회에서는 삼선은 돼야 인정하는 분위기가 여전했다. 그나마 경남을 뚫은 것이 기특

해 알은체하는 의원이 좀 늘었을 뿐 유철은 여전히 존재
감 없는 지방 의원이었다. 그러니 어떻게든 그의 인지도
를 높여야 했다. 유철에게 꼭 필요한 무기였다. 그런 중에
생긴 기회였다. 지역에 한정된 인지도는 유철이 더 깊을
지 몰라도, 전국에 퍼진 인지도는 도연이 더 넓었다. 아닌
말로 유철에게만 좋은 일도 아니었다. 이번 일로 도연 역
시 회자되었다. K시 올해의 책으로 선정된 도서도 급부상
했다. 유철과 도연은 서로를 살리는 연인이었다. 김보좌관
이 정리한 동영상과 사진을 비밀 하드로 옮기고 기분 좋
게 컴퓨터를 껐다.

                             *

   유철과 도연은 해명 외에는 서로에 대한 어떤 언급도
하지 않았다. 세간에 알려졌다고 날마다 만나 불붙은 사
랑을 하지도 못했다. 유철이 너무 바빴고 도연은 새 작업
으로 두문불출했다. 늦은 밤 짧은 통화로 만족했다. 뻔한

대화로 서로의 목소리를 들었다는 것에 의미를 둔 전화
데이트였다. 그때가 아니면 각자의 일에 충실했다. 그러던
차에 유철이 도연에게 지역구에 있는 자신의 집으로 함께
가자고 했다. 도연도 그러자고 했다. 이제 막 초고를 끝내
서 며칠 쉬고 싶었다. 연애 공개 뒤 처음 떠나는 동반 여행
이었다. 공항에서 간혹 알아보는 사람도 있었지만 여행에
방해될 만큼은 아니었다. 누가 의원님! 하면 유철이 자연
스럽게 예에, 하며 웃었다. 그런 경험이 없었던 도연은 어
디서 작가님! 하면 고개를 숙이고 웃었다. 어쩜 좋아 이 일
을. 무슨 스타처럼 보란 듯 손 흔들기도 민망하고 모르는
척할 수도 없고 난감했다. 유철은 공항에서 자신의 특권
을 누리지 않았다. 사비로 항공권을 예매했고 도연과 함
께 일반 탑승구역에서 대기했다. 비행기에 나란히 앉아
한시간여를 보내도 지난번 호수에서 사진이 찍혔을 때와
같은 행동은 하지 않았다.

"요리 잘해요?"

"맛은 몰라도 몸에는 좋을 것 같다는 말을 들었어요."

"으음…… 그냥 거기 있는 거 먹어요."

"왜요?"

"몸에 좋은 음식이 맛있는 경우가 드물거든요, 하하하."

김해공항에 도착한 유철과 도연이 출구로 나왔다. 도연의 작은 트렁크는 유철이 끌었다. 둘이 나오자마자 정면에서 유철의 한 비서관이 사진을 찍었다. 지난번 행사로 도연과도 안면이 있는 사이였다. 유철이 비서관에게 물었다.

"비서관님, 왜 나오셨습니까?"

"의원님 차 가지고 왔습니다."

"택시 타고 들어간다니까요."

"작가님도 오셨는데 함께 가시라고요."

"택시는 따로 타고 갑니까?"

유철이 비서관에게 자신의 자동차 열쇠를 받고 주차장으로 향했다. 비서관이 트렁크를 대신 끌겠다고 했지만 유철이 만류했다. 괜찮습니다. 유철도 제법 여의도 밥을 먹었으나 보좌진들에게 제 가방을 툭툭 건네는 행동은 하지 않았다. 가족 중에 의원 하나만 있어도 온 가족이 의원이 되어 보좌진들에게 반말하고 이래라 저래라 하는 경우도 적지 않은데 유철은 그런 것을 체질적으로 싫어했다. 가족들의 저러한 행동에 무감각한 의원은 제 권력에 도취된 한심한 인간일 뿐이었다. 유철은 가족을 국회나 지역 사무실 근처에 얼씬도 하지 못하게 했다. 누가 급한 일로 연락해오면 자신이 나갔다. 세금으로 운영되는 공공기관이었다. 가족들이 점방처럼 드나들 곳이 아니었다. 그런데 지역 의원사무실에 출근하다시피 하는 배우자도 있다. 툭하면 와서 하나마나한 소리나 늘어놓는 배우자를 늘 웃으며 반겨야 하는 직원들의 정신노동 수위가 장난이 아니다. 작은 손가락 하트의 엄지를 반대로 틀면 외설적인 욕이 된다. 손가락으로는 하트를, 마음으로는 질편한 욕을 날리며 함께 사진을 찍을 수도 있다. 배우자가 자꾸 사무실에 나오면 막지는 않고 오히려 사무실 돌보미인 것처럼 떠벌리는 의원을 보면 직원들은 일할 맛이 나지 않는다. 제 일도 아닌데 월급도 없이 열심히 봉사한다고요? 배우자가 돌보지 않으면 안 되는 사무실이라면 이미 망한 사무실입니다. 도대체 제 일도 아닌 일을 왜 하는 것이며, 고용한 사람도 없는데 웬 월급 타령이며, 요청한 적도 없는 봉사가 웬 말인가. 제 일 찾아 취직해서 월급 타고 원하는 곳에서 자원봉사 하시길. 이런 일로 스트레스가 쌓인 보좌관들은 유철의 보좌진을 내심 부러워했다. 거기 자리 좀 안 나? 거긴 아직도 그래? 어쩌나 잘 아시는지 우리는 맨날 병풍이다. 누가 보면 유사 이래 최고 다선 의원인 줄 알겠어. 유철의 사무실 직원들은 이런 고충이 없었다. 뒤로 또 모셔야 할 사람이 없으니 유철에게만 집중할 수 있었다. 유철이 자신의 자동차에 도연의 트렁크를 실었다.

"저는 여기서 일이 있으니까, 두분 먼저 가십시오."

"비서관님 왜 그러세요. 타세요."

"에헤이, 작가님 기다립니다."

"나 참…… 그럼 먼저 가겠습니다. 오늘 나와주셔서 고맙습니다."

유철의 차가 공항을 빠져나갔다. 비서관이 공항에 나

온 이유는 따로 있었다. 서울에 있는 김보좌관이 공항에 도착한 연인을 사진 찍으라고 지시한 것이다. 요란한 연애 공개 뒤에는 함께한 모습이 없어 마지못해 인정한 쇼윈도 커플 같은 인상을 주기도 했다. 조용하다, 조용하다, 이토록 조용한 커플이 있을까. 김보좌관은 비서관이 전송한 사진들을 받아 좋은 사진을 추렸다. 도연의 트렁크를 유철이 끌며 다정하게 손잡은 사진이었다. 김보좌관은 그 사진을 공식 페이스북에 올렸다. 열일하시는 우리 의원님, 오늘도 지역 현안에 바쁘십니다. 오늘은 우리 시 올해의 책 작가님도 함께 방문하셨습니다. 환영합니다! 임무를 끝낸 비서관이 휘파람을 불며 택시를 잡았다.

유철과 도연이 지역 사무실 근처 유철의 아파트로 들어섰다. 상시국회 체제로 실상은 잠실에서 보내는 시간이 더 많았다. 그러나 유철은 이곳에 와야 비로소 집에 왔다는 것을 실감했다. 이십여평 되는, 방 두개짜리 아파트였다. 방 하나는 침실로 하나는 서재로 사용했다. 군더더기 없는 집. 꼭 있을 것만 있는. 흔한 액자 하나 없었다. 게스트하우스도 이보다는 화려할 거였다. 아니, 소파 뒤에 그림 액자를 걸면 영락없이 게스트하우스였다. 유철이 도연의 트렁크를 거실에 내려놓고 친절한 호스트처럼 물었다.

"어떤 방 쓰실래요?"

"당신 있는 방이요."

*

도연이 일어났을 때에는 벌써 오전 열한시가 넘었다. 간밤에 방문 기념으로 거한 파티를 한 것도 아니다. 그저 밥이나 먹을 겸 부대찌개를 끓였고, 그것을 보니 소맥이 생각나 같이 한잔 두잔 마셨더니 언제인지도 모르게 잠들었다. 유철은 도연의 휴대전화에 메시지를 남겨놓고 출근한 상태였다. 먼저 나갑니다. 점심때쯤 문자할게요. 도연이 방을 나왔다. 숙취가 올라 라면이나 끓여 먹을 요량이었다. 그런데 어디를 봐도 라면 하나 없었다. 냉장고에도 마땅한 먹을거리가 없었다. 뭐야, 어제 먹은 스팸하고 김치가 다였어? 집에 있는 거 먹으라더니 전날 먹은 즉석 밥도 없고 부대찌개마저 바닥이었다. 배고파 죽겠네. 쌀은 어디 있나. 그때 유철에게서 문자메시지가 왔다.

— 일어났어요?

— 네.

— 점심 뭐 먹을래요?

— 뭐가 있어야 먹죠.

— 뭐 먹고 싶어요?

— 육개장.

— 빨리 보낼게요. 맛있게 먹어요.

유철은 도연과 함께 식사하고 싶었으나 일정이 빠듯했다. 지금도 지역 주민 대표들과의 간담회에 급히 달려가는 중이었다. 농업 지역에 공단이 들어서는 무분별한 난개발로 민원이 많았다. 앞에서 농사짓고 뒤에서 공장 돌리는 지역은 물론, 주택이 공장에 둘러싸인 지역도 있었다. 간담회를 마치면 교육청으로 가서 학교 무상 급식에 대한 방책을 논의해야 했다. 애들 밥 먹이는 것을 가지고 이랬다저랬다 오락가락하는 정책이 마음에 들지 않았다. 유철은 마음 맞는 타 지역구 의원들과 시민들의 힘을 모아 이참에 법으로 못박아둘 생각이었다. 그러려면 협의할 것과 준비할 것이 많았다. 그것 말고도 참석해야 할 자리가 여럿이었다. 그래도 도연의 점심은 챙기고 싶었다. 집에 도연이 있다. 이토록 퇴근이 기다려진 적이 없었다.

도연은 뭐가 온다니까 그 전에 트렁크를 풀었다. 제 화장품들을 챙겨 유철이 화장대로 쓰는 서랍장 앞에 섰다. 그의 화장품과 헤어제품을 한쪽으로 모았다. 그러면서 생긴 여분의 공간에 제 것들을 놓았다. 수분크림이 없는 유철의 화장품도 체크했다. 얼마 안 되는 옷가지지만 그것들도 일단 옷장에 넣어두기로 했다. 도연이 옷가지를 들고 유철의 옷장을 열었다가 움찔했다. 세탁소에서 찾아와 보호 비닐도 벗기지 않은 셔츠와 양복이 차르르 걸려 있었다. 유철이 세탁물을 몰아서 세탁소에 맡긴 때문이었다. 보통 서울로 가는 날 맡기고 지역으로 오는 날 찾았다. 언제라도 때와 장소에 맞춰 입을 수 있도록 준비해둔 것이다. 잠실 옷장도 사정이 크게 다르지는 않았다. 상갓집과 예식장을 한날 다녀야 할 때도 있어 어디에든 준비해둬야 했다. 도연은 자신의 옷가지와 속옷을 유철의 와이셔츠 밑 빈 공간에 넣었다. 그때 초인종이 울렸다. 유철이 중국집에서 육개장과 유린기를 보냈다.

"결제는 됐습니다."

"네. 고맙습니다."

"맛있게 드십시오!"

짬뽕 냄새가 나는 육개장이었다. 도연이 국물부터 쭉마시고 유린기를 먹었다. 고기도 좋아하고 튀김도 좋아하는 도연에게 딱 맞는 음식이었다. 그러나 혼자 먹기에는 양이 너무 많았다. 도연이 남은 육개장은 버리고 유린기는 덜어두었다. 빈 그릇은 잘 씻어 밖에 내놓았다. 늘어지게 자고 일어나 배부르게 먹으니 세상 부러운 것이 없었다. 중국요리를 먹고 피우는 담배는 어떤 후식보다 맛있었다. 아, 좋다! 도연이 베란다 창문을 활짝 열었다. 소화도 시킬 겸 청소나 할 생각이었다. 단출한 살림이어서 손도 많이 가지 않았다. 거실은 이인용 소파와 탁자가 전부였고, 주방은 의자 두개짜리 이인용 식탁이 전부였다. 집안 어디에도 장식용 소품이 없었다. 그렇다고 도연이 뭐라도 하나 채워 넣을 생각은 없었다. 그가 이렇게 산다면 그의 라이프 스타일인 것이다. 군더더기 없이 깔끔한 집, 기본적인 것만 갖춰 매끈하고 안정적인 집, 꼭 그를 닮은 집이었다. 굳이 뭘 더 채울 것도 없고 뺄 것도 없는. 어쩌면 그렇게 주인을 닮았던지 도연이 거실 바닥을 닦으며 피식 웃었다. 도연이 사용한 걸레를 빨아 베란다에 널고 날씨를 확인했다. 화창했다. 외출하기에 좋은 날씨였다. 도연이 기분 좋게 샤워하고 유철의 헤어드라이어로 머리도 말렸다. 그러다가 거울을 보면서 잠시 고민했다. 가벼운 화장이라도 해야겠군. 보통 때는 대충 선크림 하나 바르고 말았지만 이날은 그러면 안 될 것 같았다. 유철의 지역구였다. 혹시 또 누가 도연을 알아본다면 유철도 함께 떠오를 것이었다. 진의원은 멀쩡한데 여자는 좀 거시기하네. 자기 동네도 아니고 그의 구역에서까지 거시기하게 하고 다녀 그를 거시기하게 만들 수는 없었다. 별것도 아닌데 지켜줄 수 있으면 지켜주는 것이 나았다. 이 남자가 왜 그렇게 멀쩡하게 생겨서는. 시장가면서 이렇게 신경 쓴 것도 처음이었다. 도연은 윤곽만 살리는 가벼운 화장을 했다. 머리도 차분하게 손질했다. 무릎까지 오는 플레어스커트에 목이 살짝 파인 셔츠를 입었다. 소박한 차림으로 맵시만 살렸다. 그런 뒤 거울로 전체 모습을 살핀 뒤 가방을 챙겼다. 그리고 발이 편한 스니커즈를 신고 집을 나왔다. 문 앞에는 아직 찾아가지 않은 중국집 빈 그릇이 그대로 놓여 있었다.

도연이 찾은 곳은 K시에서 기름으로 유명한 재래시장이었다. 아파트에서 택시로 십여분쯤 거리에 있었다. 최신 쇼핑몰과 극장을 중심으로 번화한 곳 뒤편에 얌전하게 자리했다. 오래된 시장답게 온통 그을음으로 덮인 옛

가게도 많았지만 말끔하게 개축한 가게도 많았다. 옛적에는 이 지역 깨 농사가 좋아서 콩기름보다 흔한 게 참기름이라는 말이 있을 정도였다. 그러나 명성이 무색할 만큼 시장은 한산했다. 젊은이들로 북적이는 앞쪽과 달리 뒤쪽 시장 통은 지나가는 행인조차 많지 않았다. 여기도 경기가 많이 안 좋구나. 도연이 시장을 둘러보며 좀더 안으로 들어갔다. 도연은 어느 지역을 가더라도 꼭 재래시장을 찾았다. 본인이 시장을 좋아하기도 하지만 지역의 가장 맨 얼굴을 만날 수 있는 곳이기도 했다. 전국 어딜 가나 똑같은 백화점에서는 그 지역만의 특색을 알 수 없었다. 재래시장에 와야 점포 구석에 켜둔 TV를 보고 이 지역 사람들은 어떤 채널을 즐겨보는지, 무엇을 즐겨 먹고 주된 관심사는 무엇인지, 지역 경기가 어떤지를 솔직하게 알 수 있었다. 예의는 갖추나 억지로 꾸미지는 않는 가장 보통의 사람들을 만날 수 있는 곳이었다. 도연이 여기저기 살피다가 걸음을 멈춘 곳은 한 도넛가게 앞이었다. 기름에 둥둥 떠오른 밤톨만한 찹쌀도넛이 맛있어 보였다. 이거

천원에 얼마예요? 천원에 천원입니다. 아. 도연이 도넛을 넋 놓고 보다가 말이 엉켜버렸다.

"작가님 순 맹탕이네. 천원에 세개, 이천원에 일곱갭니다."

민망했던 도연이 멋쩍게 웃으며 이천원어치 달라고 했다. 유철도 없이 혼자 있는 자신을 알아본 것도 신기했다. 그동안 도연의 사진이 실린 기사도 꽤 있었다. 그러나 일상에서 알은체하는 경우는 단 한번도 없었다. 일부러 북 콘서트를 찾은 독자도 옆으로 지나가는 그녀를 알아보지 못할 정도였다. 무대에 올라 소개를 받고서야 비로소 저 사람이구나, 하는 경우가 대부분이었다. 십년 글 쓰고도 그랬는데 유철을 만나면서 사정이 바뀌었다. 요란한 연인 신고식 덕분일 거였다. 신경 쓰고 오길 잘했네. 도연이 가만히 웃었다. 주인이 도넛을 담은 봉투를 내밀었다.

"그냥 열개 채웠습니다. 근데 의원님은 같이 안 나오셨네요?"

"의원님이 바빠서서 낮에는 같이 못 다녀요."

"그래도 시장 한번 나오셔야지, 얼굴 잊어버리겠습니다."

"말씀 꼭 전해드릴게요. 의원님 덕에 덤까지 받아가네요. 잘 먹겠습니다."

"아니에요, 작가님 보고 드린 거예요. 의원님은 여 지역 의원님이고, 작가님은 올해 우리 시 작가님 아닙니까. 지역 뉴스에서 봤어요. 전에 시청에서 뭐 하셨잖아요."

"하하하, 선포식이요. 이거 더 잘 먹겠습니다. 고맙습니다."

도연이 도넛을 먹으며 시장 끝 대로변까지 걸어갔다. 가는 중에 도연을 알아보는 사람도 있었고, 몰랐다가 옆에서 알려줘서 알게 된 사람도 있었고, 애초에 몰랐고 앞으로도 관심 없을 사람도 있었다. 도연이 대로변 화장품 가게로 들어갔다. 그곳에서 유철의 수분크림을 골랐다. 적립해드릴까요? 네. 도연이 멤버십 카드를 내밀었다. 하도연 고객님 맞으시죠? 네. 어? 아, 죄송합니다. 아르바이트생은 도연이 매장에 들어올 때부터 낯이 익다 싶었다. 멤

버십 고객 정보에 뜬 도연의 이름을 보고 놀란 이유였다. 그러나 까칠한 매니저가 앞에 있어서 알은체는 할 수 없었다. 대신 활짝 웃으며 비싼 에센스 샘플을 몰래 넣어주었다. 당신을 알아봤다고 반갑다고 한 인사였다. 안녕히 가십시오. 네, 고맙습니다. 도연이 웃으며 고개 숙여 인사했다. 당신이 알아본 것을 나도 알고 있다고 한 대답이었다. 다음 소설에 이 대목 꼭 넣어야지. 그때 만나서 반가웠다고, 주신 한방 에센스 잘 썼다고, 덕분에 기분 좋은 여행이었다고. 도연이 화장품 가게를 나왔다.

유철은 저녁 일곱시쯤 돌아왔다. 최대한 서두른 퇴근이었다. 오자마자 가벼운 운동복으로 갈아입었는데, 도연이 보기에 좀 서두르는 면이 있었다. 아니나 다를까 가까운 산으로 산책을 가자고 했다. 다 저녁에 무슨 산인가. 그러나 또 갈 만하니 가자고 했겠지 싶어 도연도 가벼운 외투를 걸쳤다. 유철이 자동차 열쇠를 챙겼다. 차를 타고 갈 정도로 먼 곳이냐고 도연이 물으니, 유철이 한 이십분쯤 걸릴 거라고 했다. 차로 이동하는 중에 유철이 가고 있는 산에 대해 소개도 했다. 조금 높은 언덕 같은 산이며 중턱에 좋은 정자가 있다고. 도연이 예, 하며 들고 나온 도넛 봉투를 열었다. 낮에 시장에서 먹다 남긴 찹쌀도넛이었다. 그것을 유철의 입에 하나 넣어주고 저도 하나 먹었다.

"이거 맛있네. 시장 구경 잘 했어요?"

"네. 여기 분들이 기름을 잘 다루는 것 같아요. 튀긴 음식들이 다 맛있었어요."

"내일 닭강정 사 올게요. 잘하는 집 있어요."

"그거 속초가 원조라는 말도 있던데."

"에헤이, 원래 우리 지역이 튀기고 버무리는 건 선수예요."

"지역 자부심 진짜. 그럼 내가 올해 시 작가로 하는 말인데, 시장 한번 가시죠?"

"무슨 말 들었어요?"

"의원님 통 안 와서 얼굴 잊겠대요."

"그동안 동선이 맞질 않았어요. 다음주에 꼭 가볼게요,

시 작가님."

　유철이 산 아래 공터에 차를 세웠다. 그리 높지 않은 산이 K시 남쪽을 병풍처럼 두르고 있었다. 능선이 완만하게 굴곡졌고 사람 손이 많이 타지 않은 산이었다. 지방마다 너도 나도 만드는 산책로도 없었다. 괜히 산만 해칠까 염려스러워 손을 대지 않았다. 정자로 난 길도 그러했다. 일부러 낸 길이 아니라 사람이 다녀서 난 길에 계단만 놓았다. 계단은 중턱까지만 놓였는데 유철이 그 이유는 정자에 가서 말해주겠다고 했다. 도연이 먼저 뒷짐 지고 계단을 천천히 올랐다. 그 모습을 본 유철이 언제도 이런 일이 있었는데 하다가 곧 피식 웃었다. 이스탄불의 어느 돌계단을 도연이 꼭 저렇게 올라갔었다. 그 뒷모습을 이곳에서 다시 보고 있는 것이었다. 그래, 내가 당신을 먼저 봤었지. 이렇게 아래에서. 유철이 계단을 탁탁탁 뛰어 올라가 도연의 허리를 꽉 안았다. 깜짝 놀랐네. 뭘 놀래요, 신랑이 안았는데. 정자는 산중턱 계단이 끝난 곳 우측의 작은 공터에 있었다. 평상에 가까운 소박한 정자였다. 어르신들이 막걸리 마시면서 동네를 내려다보기에 좋은 위치였다. 넓은 처마는 눈과 비를 막기에 좋을 것 같았고, 마루에 깐 두툼한 장판은 오래 앉아도 편안할 것 같았다. 도연과 유철이 신을 벗고 정자로 올라섰다.

"어떻게 딱 요만한 공터가 생겼대요? 일부러 만든 거예요?"

"원래는 여기에 임자 없는 묘가 있었답니다. 그래도 동네 사람들이 오며 가며 손을 봐줬는데, 드디어 임자가 나타난 거예요. 이리저리 따져보니까, 그래그래 그때 그런 집이 있었던 것 같다, 그리고 동네 노 할머니가 기억해낸 거죠. 묘 임자 할머니가 돌아가시면서, 네 할아버지가 어디어디에 혼자 계시니 그만 모시고 온나, 하셨답니다. 그래 묘를 이장하면서 빈터가 생긴 거지요. 처음에는 나무를 심을 생각이었는데, 여기서 보이는 마을이 장관이었던 거예요. 낮에 보면 저 끝까지 한눈에 들어와요. 명당자리였던 거지요. 그래가 나무 대신 정자를 세웠대요."

묘지였었구나. 도연이 주위를 스윽 둘러보았다. 빛이라

고는 정자 뒤로 도수 낮은 외등 하나뿐이었다. 산 전체가 으스스했다. 자신이 마치 봉분에 앉아 있는 것 같기도 했다. 무서워 죽겠네. 그러나 유철이 세상 편한 얼굴을 하고 있어서 내려가자는 말을 할 수가 없었다. 유철은 한참을 K시에 대해 이야기했다. 이곳의 그림 같은 산세와 맑은 공기와 계절마다 달라지는 풍성한 먹거리에 대해 자랑을 늘어놓았다. 그러더니 진지하게 물었다.

"도연씨, 여 내려와서 글 쓰면 잘 써질 것 같지 않아요?"

"그러긴 하겠네요. 근데 나는 쓸 거만 있으면 나이트클럽에서도 쓸 수 있어요. 가요."

도연이 신발을 신고 유철 앞에 섰다. 안 가요? 유철이 정자에 걸터앉아 도연의 허리를 안고 으으음 소리를 냈다. 도연이 몸을 기울여 유철과 얼굴을 가까이 했다. 왜요, 명당에서 한번 할래요? 여기 CCTV 있어요. 유철이 벌떡 일어섰다. 도연이 씩 웃고 먼저 계단을 내려왔다. 유철이 저 앞에 있는 자신의 차를 향해 리모컨을 눌렀다. 어두운 공터에서 삐빅 소리와 함께 반짝 불빛이 나타났다 사라졌다.

유철은 늘 일찍 출근하고 늦게 퇴근했다. 그 덕에 도연은 하루의 대부분을 혼자 쓸 수 있었다. 잘 만큼 자고 일어나 시간에 구애 없이 끼니를 챙겼다. 그런 뒤에는 소일거리도 안 되는 집안일을 하고 인근 도서관을 찾기도 했다. 빌려온 책을 정신없이 읽다가 퇴근한 유철을 맞기도 했다. 도연씨 안경 썼었어요? 네, 책 보거나 작업할 때만 써요. 유철씨 이렇게 생겼었구나. 어떻게 생겼는데요? 예쁘게 생겼어요. 이제 알았어요? 거 안경 좀 쓰고 다녀요. 어느날은 조금씩 포장된 채소를 사다가 볶고, 남은 것을 무쳐 두가지 반찬을 만들었다. 저녁을 밖에서 먹고 온 유철이 도연의 식탁을 보고 입맛을 다시기도 했다. 그러나 양이 너무 적어 한 젓가락 달래지도 못하겠다며 투덜댔다. 이렇게 쪼금씩 어떻게 만들어요? 잘. 도연이 흰쌀밥에 채소무침을 올려 유철에게 내밀었다. 아. 유철이 넙죽 받아 먹었다. 맛있죠? 네. 근데 버리더라도 이렇게 쪼끔씩 하지 말아요. 식당 밑반찬도 이거보다는 더 나와요. 유철은 도연이 제 집에서 밥을 해 먹는 것이 좋았다. 출근할 때 입술에 바셀린을 발라주며 예쁘다고 해주면 종일 기분이 좋았다. 도연이 조물조물 빨래를 개는 모습을 지켜보는 것도 좋았다. 이 사람도 이런 일을 하는구나, 괜히 신기했고, 늘 입던 옷도 그녀의 손길이 닿으면 새롭게 느껴졌다. 왠지 그녀를 입는 것 같았다. 그러다 도연이 무심코 여보, 아니 유철씨, 하고 부르면 유철이 뭐가 아니에요, 하고 얼굴을 바짝 붙여 따지기도 했다. 뭘요? 당신 여보 여기 말고 다른 데 있어요? 뭐가 아니냐고요. 난 또 뭐라고, 여보오 이것 좀 갖다놔요. 그러면 유철이 씩 웃으며 다 갠 빨래를 받아 옷장에 정리했다. 작은 일로도 설레고 좋은 날들이었다. 그렇게 둘이 있어 좋았던 날들은 금세 지나갔다. 서울로 올라오는 날에는 세탁소에 유철의 세탁물을 맡겼다. 아파트가 처음 왔을 때의 모습으로 되돌아갔다. 도연의 짐만 마저 챙기면 됐다. 도연이 제 화장품을 챙기려고 하자 유철이 막았다.

"이거는 두고 가요. 왜 힘들게 들고 다녀요."

"뭘 자꾸 놓고 가래요?"

"서울에서 필요하면 내가 다시 다 사줄게요."

"됐어요. 다음에 내려오면 빨래 걷어서 잘 개놔요."

"네에."

유철과 도연은 김해공항에서 김포공항까지 도란도란 이야기를 나누며 날아왔다. 수분크림 잘 발라요. 땀을 많이 흘려서 피부 거칠어져요. 나는 그런 거 모르겠던데. 환절기 때 티 나요. 아아, 바를게요. 서울에서 쓸 거는 안 사줘요? 직접 사세요. 같이 가요, 화장품 두고 왔잖아요. 집에 아직 많아요. 그런데 그 공직자법 말이에요, 연인끼리 사주는 것도 문제가 되나요? 더 좋은 것도 있었는데 유철씨 그거 걸릴까봐 못 샀어요. 문제 삼자면 문제가 되겠지요. 지난번에 사준 넥타이도 아마 그럴 거예요. 그거 세일할 때 엄청 싸게 주고 샀어요. 누가 뭐라고 하면 카드 사용내역서 뽑아준다고 하세요. 그렇게 싼 거면 몇개 더 사주지 그랬어요. 국회의원 월급도 많으면서 공짜 되게 좋아

152

하네. 하하하. 이제 또 한동안은 문자나 전화 통화로만 만날 것이었다. 조심해서 가요. 네. 두 사람은 각자의 택시를 타고 헤어졌다.

3

두고 온 일주일이
불현듯 나타났다

도연의 어머니가 그녀의 집을 찾았다. 반찬거리 핑계를
댔지만 결국 도연과 유철의 결혼이 궁금한 거였다. 나이
가 있으니 서둘렀으면 좋겠는데 영 소식이 없었다. 분명
결혼을 원치 않는 도연 때문일 거였다. 이번 생애에 결혼
은 끝났어. 그러면서도 연애는 곧잘 하기에 제 진짜 짝을
아직 못 만나서 저러지, 하고 지켜볼 수밖에 없었다. 그랬
는데 도연의 공개 연애로 자연 기대가 커졌다. 게다가 사
진만 놓고 보면 영락없이 부부였다. 이것이 무슨 조화인
고. 보는 눈이 비슷한지 친구들도 자주 그런 말을 했다. 애

들은 누가 봐도 부부다. 전생에 부부였나보다. 어머니는 그런 말을 들을 적마다 먹먹하니 아쉬웠다. 그런 인연이라면 애초부터 만나지 왜 서로 상처를 경험한 뒤에야 만났나.

"그 사람은 뭘 잘 먹니?"

"이런 나물 같은 거 잘 먹어."

"그러면 좀 갖다줘라."

"알아서 먹겠지."

"바쁜 양반 니가 좀 챙겨라."

"나도 바빠. 그 나이에 뭘 챙겨줘야 하는 사람이면 안 만나."

"둘 다 바빠서 결혼하면 어떻게 살지 몰라."

"지금도 따로 바쁘게 잘 사는데 결혼하면 왜 못 살아?"

"결혼하면 누구 하나는 옆에서 챙겨야지, 둘 다 바쁘면 되겠니?"

"작가하고 국회의원이 챙겨줄 게 뭐가 있어. 소설로 연설문을 쓸 거야, 정치로 소설을 관리할 거야. 우리는 서로 가만히 두는 게 챙겨주는 거야."

"가만히 두는 거 너 잘할 테니까, 얼른 결혼해라."

"싫어, 안 해."

도연이 어찌나 단호한지 역시 결혼은 아닌가보다, 니들 마음대로 해라, 하고 어머니가 물러섰다. 참 인연이면 떨어져 살아도 다른 사람한테 마음을 주지는 못할 것이었다. 부모는 흐른 세월이 아니라 자식 때문에 늙는다는 말을 실감했다. 큰 말썽 한번 없이 자란 애가 다 커서 결혼이라는 중대한 일로 속을 썩였다. 어머니는 뻐근한 가슴으로 도연의 집을 나왔다.

도연이 어머니 심정을 모르는 바 아니었다. 그렇다고 효도가 목적인 결혼을 강행할 수는 없었다. 하고 싶을 때가 오면 하겠지요. 도연이 정리하던 반찬들을 가만히 보았다. 냉장고에 들어가면 맛이 덜해질 거였다. 이날은 인영도 학원 수업이 없는 날이었다. 같이 먹으면 되겠네. 도연이 유철에게 문자메시지를 보냈다. 오늘 저녁 약속 있어요? 없어요. 우리 집에서 먹을래요? 좋지요. 다음은 인영 차례였다. 학교 끝나고 어디 가니? 아니. 저녁 아저씨하고 같이 먹자. 어디서? 집에서. 집에서? 불편하면 취소할게. 됐어. 안 섹시하기만 해봐라. 어쩔 건데? 퇴진 운동할 거야. 그러세요. 도연이 탕거리를 마련하느라 서둘러 마트에 다녀왔다. 미나리 대구탕을 끓일 생각이었다. 도연이 멸치 육수를 먼저 올리고 대구를 막 씻을 때, 유철에게서 전화가 왔다.

"오늘 인영이도 있지요?"

"네."

"인영이는 뭘 좋아해요?"

"슈트. 오로지 무조건 슈틉니다."

"알았어요. 이십분 뒤에 출발할게요."

인영이 집에 오자마자 교복을 벗고 단정한 옷으로 갈아입었다. 틴트를 이것저것 발라보는 것이 저도 긴장한 듯했다. 도연이 집으로 초대한 첫 남자였다. 아파트 근처나 주차장까지 온 남자는 있어도 집으로 들이지는 않았다.

혹여 결혼 관련한 식사 자리는 아닐지. 도연이 그냥 만나는 남자와는 느낌이 달랐다. 엄마가 결혼을 한다? 못할 것도 없지만 안 했으면 하는 마음이 앞섰다. 제가 결혼에 방해되는 것은 아닐지 괜한 걱정도 했다. 인영은 그런 양가적 감정으로 조금 씁쓸했지만, 유철이 궁금해서 씁쓸함을 표시 내지는 않았다.

유철이 도연의 집 앞에 도착했다. 초인종을 바로 누르지는 않았다. 어디 구겨진 데는 없는지, 와이셔츠 소매는 적당하게 잘 빠져나왔는지부터 살폈다. 유철은 도연과 통화한 후 옷장 앞에서 한참을 망설였다. 인영이 자신의 직업을 달가워하지 않는 것 같아 더 신경 쓰였다. 회색 슈트를 꺼냈다가 나이가 들어 보이는 것 같아 도로 넣었고, 검정색 슈트를 꺼냈다가 식사 초대에는 맞지 않는 듯해 다시 넣었다. 고민하다 입은 옷이 짙은 남색 슈트였다. 지역 주민들과의 만남 때 도연에게 잘 보이려고 산 옷이었다. 도연을 우연히 만난 올해의 책 선포식 날 하필 품이 큰 정

장을 입고 있었다. 도연은 근사한 모습으로 나타났는데
저는 너무 평범한 아저씨 차림인 것 같아 속상했었다. 다
시 만나는 행사 때는 다른 모습을 보여주고 싶었다. 백화
점까지 가서 직원의 조언대로 정장을 맞췄다. 몸 치수를
다시 정확히 쟀고 옷도 몸에 딱 들어맞게 했다. 한 치수 큰
것으로 살까 고민도 했지만 직원이 좋은 핏을 옷으로 숨
기지 마세요, 하는 통에 추천한 와이셔츠와 넥타이까지
사버렸다. 그랬는데 도연과 함께 온 편집자가 얼마나 뚫
어지게 보는지 재킷을 벗었을 때에는 배에 힘을 주고 있
었다. 그래도 시청으로 가는 중에 도연이 슈트 잘 어울려
요,라고 말해 기분이 좋았었다. 그 옷을 이날 다시 입었다.
유철이 후! 짧게 숨을 내쉬고 초인종을 눌렀다. 도연이 문
을 열었다. 일찍 도착했네요, 들어와요. 그러나 들어와서
도 유철은 구두를 곧장 벗지 못했다. 인영이 현관 앞에 서
서 전의 그 편집자보다 더 뚫어지게 이쪽을 보고 있었다.
왜 도연 옆에는 이토록 뚫어지게 자신을 보는 사람만 있
는 것일까. 인영이 보안검색요원처럼 유철을 머리에서 발

끝까지 체크했다. 그런 뒤에야 한발 물러섰다. 유철도 그제야 준비해온 아이스크림을 내밀었다.

"뭘 좋아하는지 몰라서 그냥 섞어서 샀어요."

"고맙습니다."

인영이 아이스크림을 받은 뒤 실내 슬리퍼를 내밀었다. 통과였다. 인영이 먼저 안으로 들어갔다. 유철이 도연에게 눈으로 물었다. 됐어요? 도연도 눈으로 답했다. 네. 도연은 재킷을 입고 있는 유철이 너무 손님 같아 보여 편하게 벗으라고 했다. 그러고는 그것을 받아 제 방으로 들어갔다. 인영의 눈이 다시 유철을 스캔했다. 유철이 배에 슬쩍 힘을 주고 넥타이 매듭을 바로 했다. 빗살무늬가 있는 청색 넥타이었다. 인영이 넥타이를 마음에 들어하는 눈치였다. 어색한 분위기도 풀 겸 유철이 도연이 사준 거라고 했더니, 그럼 세일할 때 샀을 거라고 인영이 답했다.

"그랬대요. 하하하."

"근데요, 저한테 반말하셔도 돼요."

"예에, 이제 그럴게요."

도연이 식탁 가운데에 대구탕을 놓으면서 식사가 시작됐다. 살이 잘 오른 황태구이와 색색 나물과 각종 밑반찬으로 차려진 저녁이었다. 준비 많이 했구나. 유철이 종일 저를 생각하며 요리했을 도연을 상상하며 기분 좋게 숟가락을 들었다. 입에도 잘 맞았다. 유철은 너무 짜거나 단 음식은 피했는데 간도 적당하니 좋았다.

"이 반찬들은 오늘 다 한 거예요? 힘들었겠네요."

"아저씨, 그런 거 묻지 마세요. 엄마도 할머니가 가져오면 그냥 먹어요."

"아, 할머님이…… 맛있다."

"밥은 좀 이상하지 않아요? 엄마가 했어요."

"약간 질긴 한데, 부드러워서 잘 씹힌다."

"그럼 더 드세요."

"난…… 됐어."

유철과 인영은 생각보다 쉽게 어울렸고 그럭저럭 말도 잘 통했다. 유철은 인영에게 시선을 맞추려 노력했고, 인영은 어른스럽게 엄마의 남자를 인정했다. 인영은 슈트로 예의를 갖춘 유철이 마음에 들었다. 첫 방문부터 저를 아이라고 얕보는 사람은 아닌 것 같았다. 유철씨, 대구탕 이거 우리 엄마 비법으로 끓인 거예요. 맛있네요. 인영이 미나리를 피해 국물만 살짝 떠먹었다. 할머니는 저렇게 미나리를 숭덩숭덩 썰어 넣지 않았다. 손질한 미나리를 가지런히 올렸다. 그래도 유철은 맛있게 먹었다. 은근히 건성 건성인 도연을 무덤덤하게 받아들였다. 인영은 둘의 결혼을 장담할 수는 없었지만, 유철이 단순한 남자친구가 아니라는 것쯤은 알 수 있었다. 식사를 마친 뒤에는 유철이 사온 아이스크림을 함께 먹었다.

"아저씨 직업이 조금 마음에 안 들지?"

"꼭 그런 건 아닌데요, 전에 어떤 국회의원이 팬한테 꽃다발 받는 동영상을 봤거든요. 그 아저씨가 꽃다발 받고 뭐라고 했는지 알아요? 제 아내가 좋아하겠네요. 그 아줌마가 아내 생각하면서 꽃다발 준비했겠어요? 왜 팬 선물로 대놓고 아내를 챙겨요? 아이돌도 그런 짓 하면 퇴출이에요. 그거 보고 국회의원들이 좀 그래 보였어요. 옆에서 다 박수치면서 웃었거든요, 애처가라고. 그럼 그 꽃다발 준 아줌마는 뭐가 돼요? 국회의원들은 원래 그렇게 매너가 없어요?"

　도연이 아이스크림을 물고 큭큭 웃었다. 그런 거였다. 팔불출도 내 사람이나 예쁘지 다른 사람의 팔불출은 꼴불견이었다. 대중을 염두에 둔 직업인이라면 팔불출 등극엔 신중해야 했다. 알겠어요. 백년해로하세요. 좋은 부부관계는 보기에도 참 좋다. 그러나 분별없는 부부애에는 눈살이 찌푸려진다. 사랑은 기본적으로 예쁘지만 공공장소에서의 과도한 스킨십은 불편한 것과 같다. 대중 앞에 선 순간만큼은 그들의 공공재가 되어야 한다. 꽃다발을 아내에게 전하겠다는 남편의 행동에 토는 달지 못해도, 제 성의를 타인에게 양도당한 지지자의 낙심은 자괴감을 부른다. 그럼 제 남편은 싫어하겠네요. 도로 주세요. 그런 반감으로 좋아는 해도 더이상 호명은 하지 않는, 있어도 그만 없어도 그만인 미온적 관심으로 변모되기 쉽고, 심하면 안티로 돌변한다. 호감이 소소한 매너로 쌓이듯이 비호감도 무심코 한 행동으로 쌓인다. 국회의원들은 병적일만큼 제 집안의 화목을 자랑한다. 그러므로 다른 모든 일도 잘해낼 수 있다는 암시다. 그러다보니 자신이 선 자리를 망각하고 아무 때나 팔불출이 되기도 한다. 의원님은 어떤 김밥 좋아하세요? 제 아내는 참치김밥을 좋아하는데, 저는 불고기김밥을 좋아합니다. 출연 소감 좀. 제 아내가…… 아니, 의원님. 그러니까 제 아내가 좋아해서…… 너, 너 뭐 좋아하냐고. 네 소감이 뭐냐고. 우리가 네 마나님 취향까지 알아야 하는 이유는? 보통 이렇게 말할 때는 그곳에 아내도 함께 있을 확률이 높다. 있으니 언급하게 되는 것이다. 한번쯤은 그래야할 것 같은 팔불출의 의무감으로. 더 거슬리는 것은 객석 뒤에 떡 서서 흐뭇하게 보는 배우자다. 일반 관객이면 가능한 위치인가. 웬 여자가 저 뒤에 귀신처럼 서 있어서 객석 촬영도 힘들다. 앵글마다 걸리고 카메라맨이 졸지에 심령사진 촬영기사가 된다. 안 그래도 거슬리는데 팔불출 의원이 제 배우자를 떡하니 소개까지 하면 피곤해진다. 뭐래? 아내래. 어쩌라고? 박수 치래. 왜? 고생했대. 남의 아내들은 퍼질러 논대? 지 마누라 고생만 눈에 들어오는 거지. 괜히 왔다. 대중은 생각보다 당신들을 특별하게 보지 않는다. 대중 감각 없는 팔불출 부부일심동체로 만사가 뒤틀릴 수도 있음이다. 빈정 상한 대중의 입소문이 천리 길을 간다. 부부가 지들만 아는 진상들이더라. 그렇게 추억의 인사로 사라질 수도 있다.

"아마 쑥스러워서 그랬을 텐데, 나도 조심해야겠다."

"절대 절대 안 돼요. 친구들하고 엄청 썹었단 말이에요. 근데 내 친구들이 아저씨 다 알아요."

"하하하. 나는 절대로 안 할게, 걱정 마. 아내가 백명이어도 안 할게."

"아내가 백명이면 쪽팔려서 어떻게 얘기해요? 의자왕이에요?"

으하하하! 유철이 눈물까지 글썽이며 박장대소했다. 그에게서 처음 보는 모습이었다. 이렇게도 웃는 사람이었구나. 초대하길 잘했다. 도연이 아이스크림을 기분 좋게 싹

싹 긁어 먹었다. 인영은 유철의 눈물을 쏙 빼놓고는 새초
롬하게 방으로 들어갔다. 이제 숙제해야 한다고. 유철이
후우! 숨을 내쉬었다.

"불편했어요?"

"아니, 괜찮았어요. 좋았어요."

"방에 가 있어요, 커피 타서 갈게요."

　도연의 집에서 그녀의 딸과 함께 밥을 먹었다는 사실이
유철을 한결 안정시켰다. 이제는 길에서 우연히 인영을
만난대도 반갑게 다가갈 수 있을 것 같았다. 저토록 대찬
중학생과의 첫 대면을 길에서 경험하지 않은 게 다행이
었다. 도연이 작업하는 의자에 앉아 그녀의 방을 둘러보
는 것도 좋았다. 방 한구석의 책 무덤을 빼면 여느 안방과
다를 것이 없었다. 그럼에도 벽지 무늬까지 살피며 둘러
보았다. 공개된 적 없고 앞으로도 그러할 일이 없을 공간
에 들어와 있는 거였다. 자신에게만 허락된 것 같은 특별
함이 있었다. 그런 특별함 때문인지 별것도 아닌 봉지 커

피가 다 맛있게 느껴졌다. 책상에 내 사진 놓을 생각 없어요? 인영이 사진도 안 놓습니다. 왜 그래요? 딸 사진 두고 어떻게 사람을 죽여요. 죽이지 마요, 그럼. 아직 데스리스트가 좀 남았어요. 유철씨 사진 놓고 해볼까요? 내가 제법 죽입니다. 왜 그래요, 무섭게. 죽는 거, 죽이는 거, 어느 쪽이? 둘 다. 도연씨는 어때요? 죽이는 거, 거기에는 연속성이 있어요. 실패한 살인은 성공을 위해, 성공한 살인은 성공했으므로 또, 또, 또. 나는 죽이는 놈을 죽입니다. 저기, 펜촉 킬러 작가님? 얼른 해독제 내놓으세요. 커피에 독이 들었을 거 같아요. 도연이 유철을 꼭 안고 입을 맞췄다. 됐죠? 인영이 오면 어쩌려고 이래요? 숙제한다잖아요. 모르는 게 있으면…… 걔가 모르는 건 나도 몰라요. 혹시 내가 알 수도 있잖아요. 내 딸을 뭐로 보고. 걔가 지금 올 것 같아요? 유철이 웃으며 도연을 안았다. 하긴…… 전혀 다른 것 같으면서도 꼭 닮은 모녀였다. 감당이 안 될 것 같아도 직접 부딪히면 감당이 되는. 유철은 어려운 상견례를 마친 것처럼 후련했다.

찬바람이 불면서 유철은 더욱 자주 K시 지역구에 방문했다. 추위는 추운 사람을 더 춥게, 어려운 사람을 더 어렵게, 힘든 사람을 더 힘들게 했다. 접수된 민원은 지역 사무실 직원들이 우선 응대했지만 역부족이었다. 유철이 직접 얼굴 내밀어야 할 곳이 많았다. 유철은 제가 할 수 없는 일은 관련자를 찾아 의견을 전달했다. 할 수 있는 일이면 최대한 빨리 해결 방안을 마련하려고 노력했다. 그런 바지런함 때문인지 우리 의원님은 부르면 온다,는 신뢰도 생겼다. 곧 봄 온다 하고 지내야지요. 역으로 유철을 위로해주는 주민도 있었다. 그의 성실함이 잘 드러나는 대목이었다. 바쁜 일정을 수행하다보면 하루가 너무 길다 싶다가도 돌아보면 벌써 계절이 바뀌어 있었다. 더우면 더워서 추우면 추워서 일이 생겼다. 계절은 늘 새로운 일감을 몰고 왔다. 사정이 이러하니 둘이 함께하려면 도연이 유철에게 시간을 맞추는 것이 나았다. 그러나 도연이 짤막짤막한 동영상으로 확인한 유철은 늘 피곤해 보였다.

눈 밑은 퀭했고 허허 웃음마저 힘겨워 보였다. 눈에 밟히는 일이 생기면 요령 없이 집중하는 성격 탓이었다. 도연은 자신도 바쁘다며 시간을 내지 못하는 유철을 안심시켰다. 서두르지 않고 재촉하지 않았다. 그래도 유철이 내 지금 보고 싶어 죽겠는데요, 하면 변신한 모습으로 국회 앞에서 퇴근하는 그를 기다렸다. 도연씨 머리…… 예쁘죠? 뽀글뽀글 잘 나왔네요. 크리스마스트리용 머리예요. 어떻게 이렇게 머리가 커지지? 꿈속에 보는 화이트 크리스마스…… 하하하. 그런 성긴 만남에도 밀도는 낮아지지 않았다. 연말에도 유철은 자원봉사를 하며 지역 주민들과 함께했다. 도연은 연말연시에 몰린 송년회나 시상식에 참석해 오랜만에 선후배들과 출판 관계자들을 만났다. 한해를 각자의 방식으로 마무리하고 새해를 맞았다. 어디냐고 몇시에 끝나느냐고 닦달하지 않았고 졸졸 따라다니며 혹 노릇도 하지 않았다. 혹은 달고 있는 사람뿐 아니라 주변 사람들도 괴롭다. 유철과 도연은 상대를 확실하게 놓아주었다. 괜히 따라와 존재를 과시하고 다른 사람들의 접근을 어렵게 하지 않았다. 옆에서 보거나 들어서 아는 자들과 실제 몸을 담근 자들의 사정은 다르다. 도연과 유철은 상대가 동료들과 그들만의 공감대로 섞여 쌓인 회포를 풀도록 했다. 후련하게 보낼 것은 보내고 새로 맞을 것은 맞으면서 한살씩 더 먹은 것이다.

*

추위가 정점에 달한 2월에는 도연이 돌연 사라져 유철이 가슴을 쓸어내렸다. 휴대전화가 며칠이나 꺼져 있었고 문자메시지도 확인하지 않았다. 도연이 전화기를 꺼두는 것이 어제오늘 일은 아니었다. 그러나 하루 한번쯤 메시지 정도는 확인했기에 꺼둔 이유쯤은 알 수 있었다. 불편한 전화가 자꾸 와서요. 예에. 그런데 이번에는 그마저도 하지 않았다. 그 상태로 사흘을 넘기자 유철이 결국 도연의 집을 찾았다. 그리고 그를 도연의 어머니가 맞았다. 어서 오세요, 의원님. 말씀 편하게 하십시오. 어머니는 손

수 담근 유자청으로 차를 끓여 유철을 대접했다. 그러면서 차를 마시는 유철을 가만히 보았다. 도연도 없는 집에 왜 온 걸까. 혹시 도연을 피해 할 말이 있어서 온 것은 아닐까. 그랬는데 유철이 도연의 소식을 물었다. 놀란 어머니가 애가 말도 안 하고 갔어요? 하고 되물었다.

"급한 일이 생겼나보네요. 그래도 혹시 해서 와봤습니다."

"뭘 좀 알아보러 간다고 나갔어요. 한 일주일 걸릴 거라던데."

"예에. 작업하고 관련된 일인가요?"

"그런 거 같아요. 어디 섬으로 취재 간다고 했어요."

도연은 참견이나 간섭을 매우 싫어했다. 저도 누가 무엇을 어떻게 하든 토를 달지 않았다. 지켜보다가 마음에 들면 웃고 그렇지 않으면 저 사람은 저렇구나, 하고 말았다. 모든 일에는 본인도 어찌할 수 없는 인연과 운명이 따라붙는다. 그렇게 본 사람과 그렇지 않게 본 사람의 판단. 그것으로 어떤 일이 살거나 혹은 죽어도 어쩔 수 없다. 그

때는 그만큼의 인연으로 결정된 그만큼의 운명이었을 테니까. 다행히 살면 안도하고 죽으면 비통한. 참견과 간섭은 대개 운명을 나쁜 쪽으로 기울게 한다. 돌아보면 그대로 두는 것이 더 나은 경우가 많다. 참견하는 자들은 결과를 내다보는 것 같지만 어떤 결과에도 책임은 지지 않는다. 그저 끝까지 도도하다. 제 참견에 모든 것이 부서지고 사람이 죽어나가도. 결과적으로 네가 죽인 거야. 노우, 나는 그저 의견을 말했을 뿐이라고. 네 잘난 의견에 사람이 죽었다. 참견이나 간섭에 신중해야 하는 이유다. 그래도 누가 무슨 조언을 하면 차분히 들어봐야지. 설마 조언하고 참견도 구분 못할까봐? 조언은 품위이지만 참견은 주책이야. 주책으로 잘되는 일 봤어? 도연이 유철을 만난다는 것은 그가 저런 류의 사람은 아니라는 뜻이었다. 일이 방해받을 것을 염려해 말없이 떠난 것은 아닐 거였다. 사안의 문제일 수도 있고 순전히 제 성격 탓일 수도 있다. 그렇다 하더라도 연인간 예의를 지키지 못했다. 관계에 따른 최소한의 고지 의무를 무시했다. 그마저도 싫다면 완벽한 남이어야 했다. 무엇을 해도 상관없고 무심해도 되는. 어머니가 도연의 무책임한 행동을 대신 사과했다.

"미안해요. 오면 따로 말할게요."

"예. 혹시 이번 일로 다투면 어머님이 제 편이 돼주십시오. 하하하."

어머니가 고개를 끄덕이며 웃었다. 유철은 겸손하고 예쁜 기품이 있었다. 골격처럼 기품도 저마다의 것을 타고난다. 거지도 기품이 좋아야 동냥 잘하는 수하를 거느리는 법이었다. 억울해도 어쩔 수 없다. 억울한 요소 하나 없이 태어나는 인간은 없다. 억울한 것을 다른 것으로 보완하며 살 뿐이다. 그중 대체나 보완이 가장 어려운 것이 기품이었다. 이것은 얼굴에 재를 발라도 사라지지 않고, 얼굴에 금칠을 해도 없는 것이 생기지 않는다. 유철은 아직 젊은 사람이 국회의원이라는 권력을 가졌음에도 뻗댐이 없었다. 제가 가진 기품이 좋아 권력을 앞세우지 않아도 품위가 있었다. 그래서 도연이 예쁘다고 한 거였다. 그것이 그의 외모를 두고 한 말이 아니었던 것이다. 진짜로 예쁘구먼. 사진으로 봤을 때보다 둘이 더 잘 어울렸다. 잘 묶은 옷고름처럼 둘이 꼭 하나처럼 예뻤다. 어디 모난 곳 없이 똑 떨어지는 반듯한 생김새도 무척 닮았다. 닮아서 끌렸는지 사랑해서 닮아졌는지는 모르겠으나, 흔들리지 않고 또렷하게 응시하는 눈동자마저 꼭 그랬다. 눈동자가 닮은 인연은 매우 귀하다. 다른 곳은 어떻게든 모양을 바꿀 수 있어도 저 눈동자는 불가능했다. 그만큼 닮기 어려운 것이 눈동자였다. 그렇다고 남매 같은 분위기도 아니었는데, 연인과 부부 사이쯤의 원앙 같았다. 좋다. 어머니는 유철을 직접 보고서야 마음이 한결 놓였다. 섥은 속의 뿌리로 완성되는 것이기에 겉이 닮았다는 것은 속도 그러하다는 의미였다. 겉으로 보기에 생판 남 같은 부부의 행복을 어머니는 많이 보지 못했다. 그럭저럭해 보여도 안으로는 퍽퍽한 경우가 많았다. 그런 면에서 도연과 유철은 일단 안심이었다. 어머니는 유철이 탐나는 사윗감인 것은 분명했으나 더 욕심내지 않기로 했다. 어떤 면에서는 도연과 유철이 당신 젊을 적보다 더 당차게 살고 있었다. 연인으로 지내기로 했다면 그만한 이유가 있을 터였다. 꼭 부부 같은 연인. 혹시 부부가 되면 거꾸로 연인 같아 보일 거였다. 아이고, 요 녀석들아. 자식은 늙어도 애로 보인다더니 어머니는 도연과 유철이 마냥 귀여웠다. 어머니가 도연의 얘기를 하면 유철이 반짝반짝한 눈으로 들었다. 그렇게 좋으냐, 느낄 수 있었다. 도연이가 재첩국을 참 좋아해요. 언제 하동에서 먹고 오더니 때 되면 한두번은 꼭 가서 먹어요. 재첩으로 한 건 다 좋대요. 저도 다 좋아합니다. 언제 같이 먹어야겠어요. 잘하는 집 알거든요. 어머니는 이놈이 빈말이라도 한번 모시겠다는 말은 안 하네, 하면서도 둘이 좋으면 됐다,고 웃어넘겼다. 그러고는 작은 병에 유자청을 덜어 집을 나서는 유철의 손에 들려주었다.

"아끼지 말고 먹어요."

"잘 먹겠습니다, 어머님."

이 추운 날 어느 섬에 혼자 있다는 것인가. 드디어 도연의 전화를 받았을 때 유철은 버럭 화를 내고 말았다. 어디예요, 도대체! 사랑해요. 뭐요? 화내지 말라고요, 하하하. 왔어요? 네. 유철이 집으로 가겠다고 했다. 그러나 도연이 급히 정리할 것이 있다며 마치면 잠실로 가겠다고 했다. 유철은 그녀가 다녀온 곳이 섬이 아닐 수도 있겠다는 생각을 했다. 미지의 어떤 곳을 그냥 섬이라고 했을지 몰랐다. 따지지는 않았다. 간단한 질문과 대답으로 해결될 일이었다면 그렇게 떠나지는 않았을 것이다. 유철은 그 때문에 불안했지만 더 깊게 물어볼 수가 없었다. 너무 위험한 일일까봐. 그녀를 잡을까봐. 그것은 그녀의 세계를 부정하는 일이었다. 기다리면 그 세계를 보여주는 날도 오겠지. 지금은 막연한 미래보다 오피스텔로 올 그녀를 기다리는 것이 우선이었다. 도연은 사흘 만에 나타났다. 유철의 걱정이 무색하게 밝은 표정이었다.

"보통은 다녀온 날보다 정리하는 날이 더 길지 않아요?"

"너무너무 보고 싶어서 왔는데, 도로 갈까요?"

"아뇨, 너무너무 잘 왔어요. 너무너무 걱정했거든요."

"위험한 일이 아니라서 가볍게 다녀왔어요."

"위험은 내 집에서도 생겨요. 혹시 모르니까 비상 신호 만들어요."

"내가 그렇게 목숨 걸고 일하는 사람이 아니에요."

"집 밖은 다 위험해요."

"아까는 내 집도 위험하다더니. 남의 집에 숨어 사는 건 어때요?"

"농담이 나와요?"

도연이 호오 숨을 내쉬었다. 미리 말하지 않은 것은 다분히 고의적이었다. 도연은 과정이 아닌 결과물을 보여주는 사람이었다. 모든 과정이 결과물로 완성되는 것도 아니다. 대개가 버려졌다. 누가 근황을 물으면 대답이 어려운 이유였다. 그냥…… 뭐. 이런 스트레스는 연인에게 더욱 심하게 받았다. 어떤 자격이라도 획득한 듯 세세한 보고를 원했다. 열린 주방이 있는 식당도 비법은 감추는 법이다. 그러한데 과거의 한 연인은 자신이 아는 분야라며 도연과 동행을 자처했었다. 뭘 좀 안다고 주방 앞에 서서 요리에 참견하는 사람과 뭐가 다른가. 그럼에도 한사코 따라나섰다. 내내 괴로웠다. 그의 동행인으로서의 태도는 참담했다. 사전에 취재 동의를 받은 곳이어서 그도 동행인 자격으로 환대를 받았지만, 그가 하도연은 아니었다. 그러나 그는 어느새 하도연이라는 완장을 찼다. 참견과 간섭을 일삼았고 나중에는 지시까지 해댔다. 하도연만 아니면 진짜…… 그들에게서 불쾌함이 읽혀 도연이 자제하라고 경고하면 그때뿐이었다. 인터뷰 중에도 옆에서 주저리주저리 방언처럼 떠들어댔다. 이게 미쳤나, 입 좀 닥쳐. 도연은 왜 그리 챙기는지 주책맞게 화장실까지 따라다녔다. 도연이 결국 화를 내버렸다. 죽든 살든 내가 알아서해! 애정 과시해? 일하는 곳이야. 자기라고 하지 말고 이름 똑바로 불러. 우리가 잠자리하는 사이라는 거 그런 식으로 밝히는 거야? 사진은 또 왜 그렇게 찍어대는지 도무지 집중이 안 됐다. 내가 니 스마트폰 박살내고 돌아가서 새로 사주면 안 될까? 왜? 더 좋은 걸로 사줄게. 왜 그러는데? 사진에 환장했니? 뭐라도 하지 않으면 미치는 주책중독자. 뭣 좀 아는 게 나타나면 도연아 저게, 하고 떠들었다. 나는 내가 보고 내가 느끼기를 원합니다. 당신은 저것이 천사로 보입니까? 내 눈에는 악마로 보입니다. 내 귀에 당신의 말을 넣지 마십시오. 그는 아는 만큼만 봐서 문제였다. 아는 중에 모르는 것을 인정하지 않았다. 도연이 무엇을 물어보면 그녀의 이해 범위를 제가 재단하고 그 범위 내에서만 설명했다. 다른 루트로 개입할 여지는 없나? 그것까지는 네가 알 필요 없어, 말해도 몰라. 이런 사람이었구나. 그동안은 전혀 몰랐던 그의 뒷모습이었다. 동행 중 그의 말과 행동은 90퍼센트 이상이 쓸데없는 것들이었다. 어떤 것이 90퍼센트 이상 잘못됐다면 그것은 완벽한 실패를 뜻했다. 도연은 그의 남은 10퍼센트를 붙잡을 이유가 없었다. 넌 끝났어. 그것이 그와의 이별 여행이 되었고 그곳에서의 일은 단 한 문장으로도 옮겨지지 않았다. 그런 끔찍한 경험을 한 도연은 연인에게는 특히 입을 다물었다. 쉽게 내칠 수 없는 사람의 참견과 간섭이 더욱 괴로웠다. 물론 유철은 그런 사람이 아니라는 것을 잘 알고 있었다. 다만 그때의 일이 외상처럼 남아 그 비슷한 일 앞에서는 늘 침묵을 선택할 수밖에 없었다.

"말만 해주고 가요. 그대로 믿을게요."

"알았어요."

그사이 봄이 왔다. 도연이 집에만 있어서 봄을 눈치채지 못한 것이 아니라 올봄은 달력과 무관하게 빨랐다. 인영의 봄옷 투정도 다른 해보다 빨랐다. 아직은 겨울옷 입어두 돼. 나만 아직까지 겨울옷 입어서 나만 밤띠 났어. 도연은 집에서 두툼한 수면잠옷만 입고 있어서 아직 봄옷 감각이 없었다. 그러고 밖을 보니 낮에는 덥겠구나, 할 만큼 따뜻했다. 어쩐지 밥만 먹으면 졸리더라니. 달력에는 마감 표시가 줄줄이 있는데 졸리고 나른해서 글이 잘 써지지 않았다. 그러던 한 날은 도연이 유철의 오피스텔로 와 침대에 폭 엎어졌다. 올봄은 유독 일이 겹쳤다. 사정을 인영에게 미리 말하기도 했다. 그런데도 인영이 신세

타령을 하며 도연을 괴롭혔다. 안 그래도 봄옷 때문에 한 차례 실랑이가 있었는데, 이제는 친구들은 뭐가 다 있는데 저만 없다며 하염없이 애처롭게 굴었다. 그래서 제일 필요한 게 뭐야? 아디다스에서 한정판 운동화가 나왔는데…… 그 비싼 운동화를 얻기 위해 도연을 힘들게 한 거였다. 나가자. 빨리 사주고 끝내는 것이 나았다. 그런데 인영이 운동화 말고도 그것에 어울리는 옷과 양말 따위 등을 고르느라 쇼핑몰에서만 네시간여를 보냈다. 엄마 버프 받았을 때 다 사야지. 인영은 쇼핑을 게임 클리어 하듯 즐겼다. 매 층에서 획득한 아이템으로 양손이 가득했다. 너 옥상으로 따라와. 얼마나 얄미운지 콕 쥐어박고 싶었다. 쇼핑몰에서 나온 뒤 도연은 인영에게 먼저 집으로 가라고 했다. 아저씨 만나러 가? 그래. 자고 와도 돼. 시끄러워 기집애야! 그렇게 온 길이었다. 유철씨, 나 고춧가루 팍팍 넣은 라면 좀 끓여주세요. 그랬는데 유철이 라면에 뭘 넣었는지 이가 얼얼할 정도로 매웠다. 마침 청양고추가 있어서 몇개 넣었어요. 도연은 매운 것을 잘 먹지 못했다. 유철도 알고 있었지만 이날은 왠지 그래야 할 것 같아서 그렇게 끓였다. 그걸 또 도연이 국물까지 싹 비웠다. 배가 성할 리 없었다. 안 되겠다. 결국 도연이 화장실로 달려갔다. 그 모습에 유철은 웃음이 나면서도 미안해서 설거지나 해놓자고 생각했다. 유철은 도연이 온다기에 호숫가에 만개한 벚꽃을 즐길 생각이었다. 꽃잎을 밟으며 걸을 수 있는 유일한 계절이었다. 그런데 도연의 상태를 보니 산보는 틀린 것 같았다. 도연이 화장실에서 나와 설거지 뒷정리를 하는 유철을 뒤에서 안았다. 시원하게 쏟았어요. 유철이 껄껄 웃으며 도연의 어깨를 감싸고 소파로 갔다. 도연이 소파에 앉은 유철의 허벅지를 베고 누웠다.

"그래도 덕분에 스트레스가 확 풀렸어요."

"그럼 자고 가요."

"안 돼요. 요즘 봄 타는지 집중이 안 돼서 일이 좀 밀렸어요."

"나도 봄 타는 남잡니다."

"봄 타서 입맛이 막 돌아요? 뱃살 좀 봐. 에어백 터진 것 같네."

"그거는 내가 봄나물을 좋아해서…… 뺄까요?"

"푹신하니 좋은데요, 뭘. 하하하."

"저기 도연씨, 다음주부터 우리 지역에 꽃 축제 시작해요. 같이 가요. 간 김에 식목 행사도 하고. 다른 의원들은 다 부부 동반으로 오는데, 내만 맨날 쓸쓸하게 혼자 심고……"

도연이 유철을 가만히 올려보다가 양 귓불을 꽉 잡았다. 아아아. 엄살은. 애나 어른이나 불쌍한 신세타령으로 제 욕심 채우려는 것은 똑같았다. 그나마 인영은 얼른 운동화 하나 사주면 그만이었지만, 유철과 식목 행사를 같이 하려면 긴 시간을 내야 했다. 시간도 시간이지만 지금은 그럴 만한 마음의 여유가 없었다. 도연이 나갈 준비를 했다.

이상한 일이었다. 일이 없을 때는 징글맞게 없다가 겨우 하나 생기면 곧 다른 일이 겹쳤다. 언론사의 인터뷰 요청도 여럿이었다. 올 지방선거를 염두에 두고 유철과 도연의 만남을 의식한 것이 분명했다. 그러한 청탁은 모두 거절했다. 유철과 만나면서 도연의 글이 정치적으로 해석되기도 했다. 그중 미세먼지 이야기는 네티즌 간 진영 싸움으로까지 번졌었다. 도연 자신의 소신을 밝혔을 뿐인데도 유철 진영에 유리한 글로 해석한 사람들 때문이었다. 연인을 정치적 동지로 본 것이다. 그러나 도연은 유철이 자신과 함께하는 순간만이라도 정치에서 쉬게 하고 싶었다. 그가 짊어진 모든 의무를 잠시라도 내려놓게 하고 싶었다. 그를 '정치여지도' 속에서만 살게 할 수 없었다. 그래서 원하는 자리에 앉는다 한들 행복하겠는가. 누구를 위한 행복인가. 도연도 온종일 글을 쓰다가 유철을 만났는데 그가 또 쓰자고 덤비면 바로 드러누울 것이었다. 차라리 나를 죽이십시오. 서로의 일에 관여하지 않는다고 도연의 인생에 정치가 사라질 리 없고, 유철의 인생에 문학이 빠질 리 없다. 각자의 일을 해낼 뿐이다. 그리고 그것을 서로가 알게 모르게 누리는 것이다. 그러나 정치인이라는 신분이 워낙 강렬해 발목 잡히는 경우가 종종 있었다. 너도 공천받겠다. 소설가면 소설이나 써. 소설을 정치적으로 해석한 것은 자신들이면서 도연을 힐난했다. 그러나 그마저도 감수해야 했기에 혼자 삭일 수밖에 없었다. 나는 그의 연인입니다. 동지하고 불타는 의지의 섹스 안 합니다. 이때는 마감이 다급한 수필을 쓰고 있었다. 꽃구경이 문제가 아니었다.

"도연씨 혹시 재첩국 좋아해요? 그거 되게 잘하는 집 알아요."

"그건 길에서 파는 거 먹어도 되게 맛있어요."

"그렇긴 한데, 거기는 현지인들만 아는 맛집이에요."

"아…… 우리 당일치기로 다녀올래요?"

"일박 이일."

"다음 주말."

유철이 먼저 나가 오피스텔 문을 열고 섰다. 도연이 현관을 나가며 유철을 슥 보았다. 유철이 어깨를 으쓱했다. 내가 그걸 좋아한다고 말한 적이 있나? 도연은 어쩐지 찜

찜했다. 그래도 할 수 없었다. 세상에서 가장 맛있는 국이 제철을 맞았다. 다 먹고살자고 하는 일인데 이럴 때는 먹어야 했다. 유철과 도연은 벚꽃으로 화사한 호숫가를 멀리서만 보고 그대로 대로로 나왔다. 유철이 손을 들어 택시를 잡았다. 근데 유철씨는 언제부터 재첩국 좋아했어요? 그거 싫어하는 경남 사람 별로 없어요. 예에…… 갈게요. 도연이 탄 택시가 출발했다.

*

봄의 한복판에 들어서면서 지방선거의 윤곽도 드러났다. 선거 때마다 벌어지는 탈당과 입당으로 어제의 가족과 헤어져 새 둥지를 튼 사람도 있었고, 언젠가 그렇게 왔다가 도로 돌아가는 사람도 있었고, 여기도 저기도 마땅치 않아 무소속으로 나선 사람도 있었다. 공천과 경선 잡음으로 시끄럽기는 했으나 후보가 확정되면 그를 중심으로 캠프가 꾸려졌다. 유철의 지역구 인근 지역의 선배 의원도 도지사로 출사표를 던졌다. 최대 관전 포인트로 부상한 지역으로, 부담이 큰 곳이었다. 보수정당에서 사활을 건 만큼 그도 목숨을 내놓고 싸워야 했다. 유철도 자신의 보좌진 몇을 그의 캠프로 지원 내보냈다. 경남 현역 의원이라고는 겨우 둘 남았는데, 그나마 한 중진 의원이 도지사 캠프 선대위원장을 맡는 바람에 유철이 더 뛰어야 했다. 경남 곳곳에서 출마한 후보들이 그의 지원 유세를 기다렸다. 죽어도 고향 까마귀라고 고향 까마귀가 아니면 옆 동네, 친구네 동네, 돌아가신 조상 동네 까마귀라도 끌어와야 할 실정이었다. 자당이 우세한 것으로 나타난 각종 여론조사 발표로 기대가 큰 사람도 많았다. 그러나 이곳은 여론조사를 뒤집는 결과가 종종 발생했었다. 이곳에서 나고 자란 유철은 그러한 위험을 잘 알고 있었다. 변한 것은 알겠는데, 잘하는 것도 알겠는데, 차마 표까지 주기는 어쩐지 저어하는 마음. 투표가 원래 자기 맘에 드는 사람 뽑는 거 아닙니까. 그래도 도무지 변한 것이 없으니까 이번에는 다른 사람도 한번 찍어보자는 겁니다. 일 못하

면 다음에는 안 찍으면 될 거 아닙니까. 선거가 이번에만
있습니까. 유철은 주민들이 안심하고 자당 후보에게 투표
할 수 있도록 독려했다. 먹고살기 힘드시지요? 그러면 대
통령하고 말 좀 통하는 사람을 뽑아야 예산도 빵빵 타올
거 아닙니까. 중앙당의 지원도 좋았고 후보들도 서로 협
력하며 잘 움직였다. 경남에 자당 바람이 분 듯 우세 지역
도 늘었다. 이대로만 가면 되겠다, 할 무렵 일은 정작 유철
에게서 터졌다. 과거 이스탄불에서의 사진이 상대 진영으
로 제보됐다. 술탄아흐메트광장에서 포즈를 취한 한 관광
객 뒤로 유철과 두연이 걷는 모습이 찍혔다. 매체마다 불
미한 추측성 보도가 난무했다. 한참 잘나가던 선거판에
유철이 찬물을 확 끼얹은 것이다.

　손써볼 시간도 없는 기습 보도였다. 상대 진영에서는
유철이 경남 지역구 의원임을 강조하며 사건을 부풀렸다.
유철이 출사표를 던진 후보도 아닌데 선거와 밀접하게 연
관시켜 당의 이미지를 깎아내렸다. 저런 부도덕한 당에서

낸 후보들을 어떻게 믿겠습니까! 저들에게는 선거의 신이 붙었나. 하필 이때 사진이 저쪽으로 제보될 것이 무어란 말인가. 지역 의원이라고 여기저기 얼굴 내밀었는데, 후보들과 함께 찍은 사진을 이스탄불 사진과 나란히 배치한 보도자료가 마구 뿌려졌다. 그 때문에 이 일과 무관한 후보들은 발을 구를 수밖에 없었다. 풀 한포기도 되돌아볼 만큼 예민한 시기였다. 유철이 한시라도 빨리 입장을 내놓아야 했다. 사진이라는 물증에 유철도 흔들렸다. 이스탄불 건에 대해서는 전혀 무방비 상태였다. 유철은 모든 유세에서 손을 떼고 아파트에서 두문불출했다. 그럼에도 속속 새로운 뉴스가 등장했다. 과거 호숫가 사진에 대한 해명도 다시 거론됐다. 새빨간 거짓말. 불륜. 개인 일탈로 의원직을 사퇴하는 것이 소란을 잠재울 가장 빠른 방법이었다. 그러나 도연이 문제였다. 벌써 인신공격이 도를 넘었다. 그대로 사퇴하면 그녀의 앞날을 장담할 수 없었다. 유철이 결국 김보좌관에게 연락했다. 경험 많은 그의 도움이 필요했다. 유철의 연락을 받은 그도 담담하게 아파트를 찾았다. 믿고 있던 유철한테서까지 이러한 일이 터져 착잡한 차였다. 김보좌관은 애써 말을 돌리지 않고 사실 확인부터 했다. 사실입니까? 예. 유철의 대답에 그가 가벼운 기침을 했다. 유철이 아내를 두고 다른 여자를 만났다. 여행지에서 처음 본 여자였다. 하도연. 그럴 리야 없겠지만 상황이 상황인지라 김보좌관도 도연을 의심했었다. 처음부터 알고 있지 않았을까. 작가라는 사람이 국회의원을 몰라봤을 리가. 그녀가 작정하고 덤빈 거라면 유철의 갑작스러운 이혼도 설명됐다. 그 여행을 빌미로 이혼당한 것일지도 몰랐다. 가능한 이야기였다. 김보좌관은 자신의 심중이 드러나지 않도록 조심하면서 유철에게 물었다.

"작가님은 뭐라고 하십니까?"

"아직 아무 말 없습니다."

유철은 자신이 이혼남으로 속인 것으로 하고 싶었다. 영 틀린 말도 아닌 것이 유철이 먼저 손을 내밀었으므로 당시 도연도 그를 혼자로 봤을지 몰랐다. 그러나 김보좌관의 생각은 달랐다. 사람들은 믿고 싶은 것만 믿었다. 대부분의 사건이 설마 하는 일로 벌어지지만 보통은 자신이 더 편하게 상상하는 쪽을 믿었다. 혼자 여행 다니는 이혼녀가 젊은 국회의원을 물었다,가 현재 여론이었다. 그것으로 가정을 지키지 못한 유철에게도 책임을 물었다. 사진 날짜가 유철의 이혼 바로 전인 것도 문제였다. 그것으로 둘의 만남이 그보다 훨씬 전부터 시작됐을 거라는 추측이 난무했다. 김보좌관도 그런 의심을 하지 않은 것은 아니었다. 그러나 유철의 표정에서 거짓이 아님을 알 수 있었다. 아닙니다. 그전에는 서로 몰랐습니다. 유철은 진실을 말했다. 사랑으로 인한 위증이 아니었다. 어떻게 해야 모두 살 수 있을까. 사진이라는 확실한 물증이 문제였다. 나란히 뒷짐 지고 반보가량 떨어져 걷는 사진이었다. 어두운 얼굴로 떠난 유철이 며칠 만에 그토록 평안한 미소를 지을 수 있었던 것은 아마 도연 때문이었으리라. 자연인일 때 의원님은 참 행복했구나. 유철은 그렇게 살아야 했을지 몰랐다. 떠밀려 들어온 정치판이 좋지만은 않았을 것이다. 이번 일로 유철의 정치 생명은 끝났다. 명쾌한 해명 없는 불륜 의혹은 그것만으로도 치명적이었다. 이대로 자연인으로 돌아간다면 그곳에서도 행복하지 못할 거였다. 평생 불륜 꼬리표를 달고 살아야 할 것이었다.

유철의 출발은 미미했으나 희망이 있었다. 그도 제 처지에 눈을 떴고 영리하리만큼 차분하게 입지를 다졌다. 먼저 나서지는 않아도 주어진 일은 꼼꼼하고 깔끔하게 해냈다. 그의 학습 능력과 성실함도 앞날을 밝게 했었다. 그런 그가 엉뚱한 암초를 만났다. 기가 찰 노릇이었다. 운명은 늘 찰나로 결정지어졌다. 그 순간, 그것으로 인해. 김 보좌관이 긴 숨을 내뱉고 그제야 제 생각을 말했다. 단순하고 명료하게 털어버려야 했다. 해명이 구차하고 길수록 진실을 의심받는다. 공감은 안 돼도 그럴 수는 있겠구나, 정도로 끝내야 했다. 사람들이 더 많은 생각을 하기 전에 이미 끝난 일로 종결시켜야 했다. 느닷없는 악의적 의혹에 대한 해명이 우선이었다. 술탄아흐메트광장은 유명한 관광 명소로 유철과 도연도 그곳에서 우연히 만났다,

고 일축해야 했다. 자국 국회의원과 작가로서 서로 알아
보고 잠시 담소를 나눈 것뿐이라고. 증거로 당시 도연과
유철의 호텔 바우처 사본을 첨부하기로 했다. 그것으로
둘의 체류 기간과 숙소가 달랐던 점을 어필할 수 있었다.
사진이라는 물증을 다른 물증으로 덮어야 했다. K시 올해
의 책 선포식 날에 만났다고 한 지난 해명에 관해서는 오
해의 소지가 있는 문장임을 인정해야 했다. 그것을 이성
으로서의 첫 만남이었다는 뜻으로 정정하고, 순화시킨 표
현으로 오해를 부른 점도 사과하기로 했다. 미숙한 점을
사과함으로써 이해와 용서라는 관용을 얻어내야 했다. 우
연히 만나서 얘기 좀 했다는데 어쩌겠는가. 아니라는 증
거가 있는가. 유철도 김보좌관의 뜻에 동의했다. 해명서를
보도자료로 뿌리고 곧 사퇴 선언을 하는 것으로 결정지었
다. 정치 공세라고 맞설 수도 있었으나 유철이 선거판의
주인공이 아니었으므로 서둘러 빠지는 것이 도리였다. 유
철은 더이상 그 일주일을 도마에 올리고 싶지도 않았다.
정치를 계속하는 한 아군 적군 없이 필요할 때마다 그 일

주일을 꺼내들 것이었다. 그때마다 반복될 부정도 끔찍했다. 더는 못할 일이었다. 유철이 도연에게도 이러한 사실을 알렸다. 당장은 이게 최선일 것 같아요. 네에. 도연이라고 뾰족한 수가 있을 리 없었다. 도연이 당시 사용한 바우처 사본을 유철에게 메일로 보냈다. 여행 때마다 간략한 기록과 함께 남긴 바우처가 이런 식으로 쓰일지는 전혀 몰랐다. 유철이 도연의 메일을 확인하고 김보좌관에게 알렸다.

"바우처 왔습니다."

"예, 잘 수습된 겁니다. 가보겠습니다."

아파트 현관을 나온 김보좌관이 담배를 물었다. 이제 유철은 손수 운전하고 직접 택시를 잡을 때마다 금배지의 위력을 실감할 거였다. 자신이 초라해 보일 테고 위축감으로 사람을 만나는 것도 기피할 거였다. 같은 어묵을 먹어도 배지를 달고 먹는 것과 내려놓고 먹는 것은 맛이 달랐다. 의전과 특권의 맛은 그 어떤 양념보다 달콤하다. 그 맛 때문에 누구는 여의도를 떠났다가 다시 돌아오기도 하

고, 누구는 여의도를 배회하는 정치부랑자가 되기도 했
다. 참 얄궂은 정치판이었다.

*

　유철의 해명서가 보도자료로 뿌려졌다. 해명과는 상관
없이 불미한 의혹의 당사자로서 우선 책임을 느끼고 의
원직도 내려놓았다. 지도부도 그의 사퇴를 만류하지 않았
다. 민감한 시기에 터진 예민한 사안으로 사실이든 거짓
이든 덧붙일 말이 없었다. 유철의 사퇴를 안타까워하는
네티즌들도 있었으나 돌이킬 수는 없었다. 의석수 하나
가 소중한 마당에 무작정 사퇴부터 하면 어떡하나. 대놓
고 다니는 것부터가 아무 사이 아님을 증명하는 것 아니
냐. 사건은 대략 이런 모습으로 마무리됐다. 천만다행으로
그동안 유철과 도연이 쌓아온 이미지가 좋아서 그럼 그렇
지, 하고 넘어갈 수 있었다. 좋아했던 사람에게 실망하고
싶지 않은 어떤 방어 기제도 작동했을 거였다. 유철은 일

면 후련하기도 했다. 쓸쓸한 퇴출이었지만 자신을 돌아보는 계기도 되었다. 국회에 있을수록 세상과 격리되었다. 약속된 시간 약속된 장소에서 약속된 사람들을 만났다. 자신을 환영하는 사람들 위주로 만나고 입에 꿀 바른 말만 하는 측근들 속에서 눈과 귀가 점점 멀었다. 자신이 생각하는 저의 모습과 저 멀리에서 보는 실제 모습이 상당히 다르다는 것을 깨달을 새가 없었다. 유철이 그곳에서 이제라도 빠져나오길 잘했다고 생각한 이유였다. 유철이 의원 사무실에서 챙겨온 얼마 안 되는 물건들을 오피스텔 구석에 내려놓았다. 그러고는 도연에게 전화했다.

"왔어요?"

"네. 보고 싶어요."

"갈게요, 기다려요."

도연은 유철의 사퇴 선언을 담담하게 지켜보았다. 삼분도 채 안 되는 시간이었다. 그의 뒤로 대한민국 국회 로고가 선명했다. 저곳에 오래 있을 사람이 아니었나보다. 자신과 함께한 일로 궁지에 몰린 것이 속상하기도 했다. 다시 떠올려도 좋았던 일주일이었다. 상대에게 바라는 것이 없어 가능한 만남이었다. 각자의 고민이 너무 무거워서 같이 다니며 조금씩 덜어내는 여행이었다. 반짝이는 사랑을 경험하고 그 힘으로 아직은 포기할 때가 아니라고 다독였던 일주일이었다. 그러던 어느날 찍힌 사진일 거였다. 도연은 유철이 여행 뒤 바로 이혼한 것도 마음에 걸렸다. 설마 아니지요? 그동안 유철과 도연은 자신들의 이혼에 별다른 언급을 하지 않았다. 과거의 상실을 만회하기 위한 만남이 아니었다. 다른 성질의 사랑이었다. 사랑이라는 절대적인 이념으로 서로의 아픈 과거까지 껴안으라는 요구도 없었다. 아픈 과거는 각자 떠나보냈고 둘은 새로운 사랑을 했다. 그렇게 잘 보냈거니 했던 유철의 이별이 지금 다시 거론됐다. 그의 혼인 기간 중 일주일에는 자신도 들어가 있었으므로 그 기간만큼은 남의 일도 아니었다. 비록 유철의 이혼이 그 일주일 때문은 아닐지라도 이혼 결정에 전혀 영향을 미치지 않은 일주일도 아닐 거였다. 같이 책임져야 했다. 유철이 먼저 제 것을 내려놓았다.

허전하고 쓸쓸할 거였다. 도연은 그런 그를 홀로 둘 수가 없었다.

살려는 자의 세상은 쉽게 무너지지 않는다. 유철을 염려하는 동정론도 있었으나 그가 의원직을 내려놓은 것은 죽기 위해서가 아니라 살기 위해서였다. 의전받으며 제약받는 삶이 아닌 혼자 어디든 갈 수 있는 자유로운 삶을 택했다. 그랬으므로 외부의 걱정만큼 비참하거나 괴롭지는 않았다. 억지로 입은 남의 옷을 그제야 벗은 듯 홀가분하기도 했다. 도연의 눈 깜빡이는 앙증맞은 장난에마저 행복한 이유였다. 어떻게 한 거예요? 집게로 집었어요. 예쁘죠? 예쁘네요. 도연이 세상 무너질 것 같은 표정으로 위로나 격려를 했다면 아마, 슬펐을 것이다. 오히려 예뻐 보이려고 속눈썹을 올리고 왔다며 생글생글 웃었다. 어떤 일이 있었어도 둘 사이는 여전하다는 것을 그녀 방식대로 보여줬다. 고통을 품지 않은 행복은 없다. 그로 인해 지금 이 순간이 더 귀했다. 공직을 내려놓으니 공기마저 다르게 느껴졌다. 좋으니 싫으니 해도 막중한 책임감으로 어깨가 무거웠었다. 몸이 가벼우니 마음에 여유까지 생겼다. 도연씨, 이리 와봐요. 왜요? 자연인 된 기념으로 한번 하게. 주방에 있던 도연이 툭툭툭 걸어와 유철을 소파에 턱 눕히고 올라탔다. 그러고는 그의 허리띠를 풀고 죽 잡아 뺐다.

"이럴 때는 그냥 와서 확 벗기는 겁니다."

"연아 아니, 도연씨 잠깐만요, 커튼……"

"가만히 안 있을래요? 한방에 보내버리는 수가 있어요."

유철이 껄껄 웃으며 손으로 도연의 볼을 감쌌다. 조금 있으면 나 힘들어요, 그리고 폭삭 엎어질 거면서 말만 저랬다. 말만 들으면 유철은 수시로 어딜 다녀와야 했다. 기운도 없으면서 까분다. 유철이 도연 입 속으로 자신의 혀를 넣었다. 유철은 도연의 혀와 그 밑으로 고인 침과 치아를 감싸고 있는 입술이 좋았다. 자꾸 입을 맞추고 싶은 사람. 도연은 유철이 언제고 입술을 내밀어도 꼭 입을 맞춰주었다. 도연이 입을 맞춰주면 묘한 안도감이 들어 기분이 좋았고, 그녀의 입술이 제 입술에 계속 남아 있는 것 같아 오래 행복했다. 그런 그녀와 함께 있어 모든 것을 내려놓은 이 밤도 쓸쓸하지 않았다. 도연씨. 네. 사랑합니다. 그런 말 못하는 사람인 줄 알았어요. 못했어요. 웬일이에요. 그냥 나왔어요. 만난 중에 제일 예쁘네. 그리고 그때, 유철의 휴대전화가 울렸다. 측근만 쓰는 전화였다. 뭐고, 저거는? 유철이 전화를 받지 않자 벨은 잠시 끊겼다가 곧 다시 울렸다. 급한 전화 같았다. 도연이 받아보라고 재촉했다. 유철이 손을 뻗어 탁자에 놓인 휴대전화를 집었다. 바로 받지는 않았다. 가만히 보다가 마지못해 통화 버튼을 눌렀다. 여보세요.

전화를 한 사람은 유철의 전처 정희였다. 혜승과 관련한 급한 일이었다면 서둘러 문자메시지라도 남겼을 터였다. 이날은 전화를 받지 않음에도 끊임없이 통화를 시도했다. 다른 때였다면 유철도 선뜻 받았을 것이다. 아이의 엄마이고 어쨌든 인연이 있었으니까. 그러나 도연을 안고

서는 그녀의 목소리를 듣고 싶지 않았다. 왜 하필 지금이야. 유철이 전화를 받고도 아무 말이 없자 정희가 먼저 말했다.

"뭐야, 그 여자."

"끊자, 내일 전화할게."

유철이 전화기를 탁자에 툭 던졌다. 벨이 다시 울렸다. 유철이 전원을 꺼버렸다. 도연이 그 모습을 가만히 보았다. 그러다 유철과 눈이 마주쳤다. 노여움과 미안함이 함께 읽혔다. 이 남자가 끊자,고 단호하게 말할 수 있는 상대가 누구일까. 발기된 성기를 순식간에 수축시킨 사람이었다. 도연의 체온도 급히 떨어졌다. 둘의 몸을 이렇게 만들 수 있는 사람은 오직 하나였다. 유철의 전처. 도연이 픽 웃었다. 우리 한잔 할래요? 소맥이겠지요. 네. 유철이 도연의 이마에 손가락을 가볍게 튕기고 일어났다. 유철이 소맥을 준비하는 동안 도연이 김치를 볶았다. 라면의 면만 삶아 볶은 김치에 올려 사리로 사용했다. 그것으로 허기진 배를 채우고 소맥으로 쓴 세상을 희석시켰다. 괜찮아요, 다. 건배.

*

　분노한 사람이 때를 가려 화를 내려면 무진 인내해야
한다. 그리고 그것은 거의 불가능에 가깝다. 정희는 아이
아빠인 유철이 늘 건실하길 바랐다. 어디에 있든 든든한
아빠로 존재하길 바랐다. 그랬기에 그의 행보를 놓치지
않고 있었다. 이스탄불 사진 의혹도 알고 있었다. 이날 그
의 입장 표명도 누구보다 더 주시했다. 말해봐. 그곳에서
무슨 일이 있었던 것인지. 그러나 그의 해명은 온통 거짓
말이었다. 그게 아니지. 다른 사람은 다 속여도 나는 못 속
여. 너희 같이 간 거야, 맞지? 정희는 제 아둔함에 혀를 찼
다. 유철의 깍듯함은 남녀노소를 가리지 않았다. 그의 성
격 탓으로 타인과는 늘 일정 거리가 유지됐었다. 이성을
대하는 눈빛도 친절을 넘어서지 않았다. 여자관계를 의심
할 만한 행동이 전혀 없었다. 유철이 비록 아내를 사랑하
지는 않았어도 그런 일로 책잡힐 행동은 하지 않았던 것

이다. 그런 남자였다. 끝까지 선하고 바르게 행동함으로써 모두를 속이는. 저 남자가 절대 그럴 리 없어. 그런 너한테 나도 속았었다. 너무 정교한 네 가면이 네 피부와 구별이 어려워서. 늘 친절한 남편. 친절을 독약처럼 떠먹여주는. 맥없이 받아먹다가는 목숨을 잃고 마는. 너의 친절은 살인이었어. 그러한 유철과의 이혼은 오로지 정희 자신의 결정이었다. 서로를 바라보지 않은 지 오래였고 혐오만 남은 부부였다. 더는 견딜 수 없어 헤어지자고 했다. 무기력하게 살다가 황혼 이혼에 도달하고 싶지 않았다. 헤어진 동안에도 그것은 둘만의 문제였다고 생각했다. 둘 사이에 누가 개입됐을 줄은 전혀 몰랐다. 이스탄불 사진을 보기 전까지는 줄곧 그랬었다. 그런데 여자가 있었다. 여자가 있었구나. 내가 아내로, 여자로 보이지 않게 한 여자가. 도대체 너의 가면은 몇개나 됐던 거니. 정희는 호숫가 사진 해프닝으로 둘 사이를 알게 되었다. 사진을 보며 자신은 왜 저런 키스를 못했는지 씁쓸하기도 했다. 정희는 도연보다 더 어리고 예쁠 때 유철을 만났다. 더없이 푸른

이십대였다. 그때도 그런 키스는 없었다. 아니, 그와는 키스라는 자체가 없었다. 그는 키스를 하지 않았다. 아무 문제 없던 처음부터 그랬으므로 취향 문제로 여겼었다. 그랬던 그가 다른 여자와 입을 맞추는 사진이 유포됐다. 산책처럼 가벼운 키스를 원하는 여자에게 그만큼 가볍게 입을 맞춰주는 남자. 당신이 그런 것도 할 줄 알았어? 그의 새로운 모습이 쓸쓸할 수밖에 없었다. 그러나 그것에 가타부타할 처지가 아니었기에 쓴웃음으로 넘겼었다. 모든 사실을 알아버린 지금은 달랐다. 헤어지기 전부터 있던 여자였다. 정희는 다른 여자 때문에 자신이 방치됐었다는 사실을 받아들이기 힘들었다. 그것에 분노할 자격을 너무 성급히 잃었다. 유철이 거칠게 전화를 끊은 이유도 알 것 같았다. 그 여자가 옆에 있었다. 직감이었다. 여보세요. 첫 응답부터 짜증이 묻었다. 유철이 무작정 전화를 끊었을 때는 하찮게 버려진 쓰레기가 된 기분이었다. 유철은 자신을 그렇게 대하면 안 됐다.

다음 날, 유철이 정희에게 전화했다.

"언제부터야?"

"이스탄불에 도착한 다음 날."

"잤어?"

"그래."

"그날, 바로?"

"미안하다."

유철이 사과했다. 그때까지는 아직 남편이었으므로 도의적 사과였다. 외도와 상관없이 진행된 이혼이었지만 있었던 일에 대해 사과를 요구하니 응한 것뿐이었다. 그러나 마음은 동하지 않은 사과였다. 외도만 아니면 모든 것이 온당한가. 그래도, 그렇다 하더라도, 어쨌거나, 나는 외도는 안 했어. 정희는 지금 이렇게 따지고 있는 것이다. 널 원하는 사람이 있으면 하지 그랬나. 남편의 목은 조를지언정 다른 남자와는 안 잤다. 칭찬해줄까. 니가 다른 남자와 내가 보는 앞에서 그 짓을 했어도 그동안 내게 한 행동보다 더 괴롭지는 않았을 거다. 오히려 그렇게라도 떠나길 바랐을 정도였다. 그 잘난 순결로 널 가리지마. 강요한 적 없으니까. 너와 나 사이에 외도가 뭐가 문제인 거야. 설마 그때까지도 내 여자이고 싶었나. 그래서 그날 그렇게 누웠었나. 나는 너의 살냄새도 싫었다.

"사랑하니?"

"그래."

"그때부터?"

"그때부터."

"둘이 같이?"

"아마도."

정희가 전화를 끊어버렸다. 아직 제가 아내였을 때였다. 그럼에도 단칼에 그것을 사랑이라고 했다. 긴 세월을 함께한 아내는 단 한번도 사랑하지 않은 남자가, 그곳에서 그날 만난 여자를 사랑했다고 했다. 그것이 진실이어서 더 비참했다. 정희를 욕보이기 위해 한 거짓말이 아니었다. 사랑은 숨길 수 없는 거였다. 그는 이미 행동으로 보여줬다. 결코 제 것을 내려놓는 사람이 아니었다. 그런

사람이 의원직을 내려놓았다. 사랑, 맞았다. 그리고 지금
도 하는 중이었다. 사랑을 할 줄 모르는 남자인 줄로 알았
다. 전혀 아니었다. 아내를 사랑하지 않았기에 하지 않았
던 것이다. 그것을 사랑으로 확인시키니 더 처참했다. 다
르게 말했어도 됐잖아. 진부하고 상투적인 핑계가 얼마나
많니. 잘 모르겠다고, 노력 중이라고, 말이라도 그렇게 해
줄 수는 없었니. 너의 청혼을 받아준 여자가 그토록 힘겹
게 살다가 이토록 아프게 상처받았는데. 너, 그 사랑 절대
못해. 두고 봐.

                              *

　이스탄불 사진 의혹은 성공적으로 묻히는 듯싶었다. 국
민들의 관심이 지방선거에 쏠려 사퇴한 의원의 의혹은 가
십거리 정도로 소비됐다. 선거만 없었다면 사퇴라는 초강
수를 두지 않았을 거라는 동정론으로 이 일은 유철과 도
연에게 딱히 부정적인 영향을 미치지 못했다. 그러나 정

희가 제 페이스북에 올린 폭로글로 판도가 완전히 바뀌었다. 막연한 제삼자가 아닌 피해 당사자 조강지처의 등장이었다. 정희는 거짓 해명으로 사퇴쇼를 벌였다며 유철과 도연을 맹비난했다. 비참했던 결혼 생활은 물론 그간 저들이 해온 거짓 해명들과 이스탄불에서의 행실을 모두 까발렸다. 거짓말을 일삼는 자는 공직에 발을 들여서는 안 되며, 남의 가정을 파탄 낸 자는 글을 쓸 자격이 없다는 소신도 밝혔다. '의로운' 대중은 '피해자'의 편이었다. 서류에 도장 찍기 일주일 전이면 정상 참작해야 되지 않냐? 드물게 이런 글이라도 올라오면 그에게도 엄청난 비난이 쏟아졌다. 유철의 사퇴에 안타까움을 보였던 네티즌들도 강력한 안티로 돌아섰다. 그나마 버텼던 도연마저 무너졌다. 신작 출간이 무기한 연기됐다. 이미 보낸 짧은 원고들마저 지면에 실리지 못했다. 불륜에 대한 사회적 선고는 사형이었다. 사실상 결별 상태였다 하더라도 할 말이 없었다. 맞습니다. 무조건 인정했다. 유철은 정희부터 완벽하게 정리하고 싶었다. 속사정을 모르는 세상의 비난은 감수하겠으나 정희는 용서가 안 됐다. 정희는 유철이 없는 곳에서 쉬고 싶다며 떠난 여자였다. 도연은 그가 있는 곳에서 쉬겠다며 함께한 여자였다. 무슨 자격으로 떠난 여자가 함께 있는 여자를 추궁하는가. 도연을 가정을 깨뜨린 주범으로 본 것에도 화가 났다. 가정을 깬 사람은 명백하게 자신과 정희였다. 한집에서 남끼리 동거하며 부부로 명시된 서류를 정정하지 않은 죄. 그 죄로 타인들이 내 여자의 성생활까지 지적하는 일이 벌어졌다. 문란한 여자. 빌어먹게 무엄한 법이 그 일주일을 아직 남이 아니라고 선고한 까닭이다.

정희는 유철이 대학원 수업을 들을 때 만났다. 대학 때부터 같은 동아리를 운영했다는 한 동기의 주선으로 저녁 자리에 동석하면서였다. 당시 정희도 대학원 진학을 고심하고 있던 터라 둘은 그뒤로도 종종 만났더랬다. 정희가 유철의 조언을 듣기 위해 자주 연락했었다. 그다음 해에 정희는 예정대로 입학을 했다. 그러나 대학원 생활에 적

응을 잘 하지 못했다. 결국 중도에 그만두고 말았는데 그
래도 둘의 만남은 지속됐다. 정희는 지적인 매력이 있었
고 사회 전반에 관한 시선이 유철과 비슷했다. 그런 그녀
에게 유철이 호감을 가졌었다. 만남이 잦아지면서 자연스
럽게 연인으로 발전했다. 유철은 강의 자리를 얻은 뒤 그
녀에게 청혼했다. 내하고 결혼할래? 없는 집에 미래도 불
투명한 자신과 결혼하겠다는 정희가 황송했다. 결혼 뒤
유철은 학업과 강의를 같이 진행하면서 가끔은 정희의 도
움을 받았다. 그녀는 유철이 필요로 하는 것을 재빨리 파
악했다. 거기까지여야 했다. 정희는 점점 유철의 부탁을
넘어서기 시작했다. 강의계획서를 살피고 자신이 문헌을
보충했다. 수업에 꼭 필요한 문헌들도 아니었다. 당연 강
의에서 언급하지 않았다. 유철은 곁가지가 많은 강의를
선호하지 않았다. 그럼에도 정희의 간섭은 멈추지 않았
다. 제 머릿속 강의실을 유철을 통해 현실의 강의실로 옮
기려고 했다. 가벼운 도움이 간섭으로, 간섭이 제 일로 둔
갑했다. 결국 학생들 답안지에 손대는 일까지 벌어졌다.

유철이 책상에 둔 답안지에 정희가 말도 없이 학점을 매겼다.

"이게 뭐야?"

"그거 때문에 밤 꼬박 새웠어. 애들 점수 잘 체크해봐."

정희에게 유철의 일은 그만의 일이 아니었다. 남편의 일은 부부의 일이었고 그러므로 아내인 자신의 일이었다. 여보, 그 설문지 어디 있어? 모임에 나간 김에 해와야겠다. 같이 가, 여보. 거긴 내가 갈게. 끝나면 이쪽으로 바로 와. 정희의 유별난 행동으로 유철이 지도교수에게 불려가기도 했었다. 니가 못 오면 못 오는 거지 왜 아내를 보내냐? 너를 대리해서 배석해도 되는 근거를 대봐. 죄송합니다. 명심해라, 너만 보는 사람이 결국 너를 잡는다. 정희가 그러는 데에는 유철의 책임도 있었다. 마음에 들든 안 들든 알았다고 그러자고 그냥저냥 넘어간 것이 문제였다. 저도 공부한 게 있고 옆에서 본 것이 있으니 그러겠지. 유철 스스로 지옥의 기초공사를 했다. 남편과 함께하는 것이 행복인 아내. 일면 타당한 행복이기에 그것에 마땅한 이의를 제기할 수도 없었다. 남다른 아내를 둔 현실을 받아들이고 배려와 포기로 눈감아줄 수밖에 없었다. 정희는 그러한 유철을 남용 수준으로 활용했다. 배려와 포기로 감아준 눈을 그의 사랑으로 내세웠고, 그가 '남다른'이라고 표현했으므로 유별나게 구는 것에도 스스럼이 없었다. 그가 남다른 나를 사랑하고 원하기 때문에. 남들과 달라서 좋으면 호감을 얻지만, 남들과 달라서 흉하면 빈축을 산다. 그것은 감각과 공감의 영역이므로 흉함을 스스로 모른다는 것은 결국 그러한 능력들이 떨어진다는 말이었다. 유철의 일상이 어그러질 수밖에 없었다. 어떻게든 되돌려야 한다. 그러나 이때는 이미 지옥의 한가운데였다. 제가 기초공사하고 아내가 다진 지옥. 되돌릴 수 없다면 차라리 즐겨보자는 심산도 있었다. 지옥이라고 꽃이 피지 않겠는가. 그러나 지옥의 꽃은 누구도 달가워하지 않았다. 돌아보면 유철 옆에는 정희뿐이었다. 봐, 너한테는 나밖에 없지? 날 봐. 널 보고 있는 날 봐. 영원히 유일한 네 아내. 헤죽헤죽. 숨이 막혔다. 우연한 만남은 있어도 우연한 이별은 없다. 장점이 단점으로 단점이 더 큰 단점으로 서서히 부각됐다. 누가 뭐래도 제 눈에는 예뻤던 것이 남들보다 더 흉하게 보였다. 못 견디게 싫었다. 남편을 포획한 아내. 더는 아내로 볼 수가 없었다. 그랬기에 자신의 모든 것을 그녀로부터 차단시켰다. 나의 어떤 것에도 손대지 마. 정희도 현실을 받아들였다. 더이상은 그를 사랑할 수 없다고 했다. 잘됐네. 사랑. 그 말을 몇번이고 곱씹었었다. 애초부터 그것이 없었다. 호감과 사랑을 혼동했다. 혈기왕성할 때 호감 가는 여자를 만났으니 결혼까지 해버렸다. 성급한 결정이었다. 후회로 되돌릴 수 없는 치명적인 실수였다. 이혼으로도 벗어나기 힘든 지옥. 정희는 인간의 형상으로 나타난 불행, 그것 같았다.

4

사랑이 다친 사람은
잔인하다

유철에 이어 도연도 사과 성명을 내고 절필 선언을 했
다. 그러나 그것도 정희의 성에는 차지 않았다. 저런 우아
한 사과에는 관심 없었다. 네 목소리로 나한테 직접 사과
해. 결국 정희가 제 페이스북에 휴대전화 번호를 올렸다.
하도연씨, 전화 기다립니다. 정희가 올린 글을 유철도 확
인했다. 그가 이미 알고 있는 전화번호였다. 악연이었다.
사랑이 불현듯 나타났듯 악연도 그렇게 나타났었다. 유철
은 연인이 되고서야 그녀가 대학원을 그만둔 정확한 이유
를 알 수 있었다. 어느 조교수의 끈질긴 구애 때문이었다

고. 왜 안 받아줬는데? 너 때문에. 정희는 지적 욕구가 강했고 실력도 있었다. 그럼에도 자신 때문에 포기했다는 말이 미안하면서도 어쩐지 듣기에는 좋았다. 결혼 뒤 정희는 자신의 욕망을 유철을 통해 이어갔다. 유철은 그것이 안타깝기도 했었다. 해석에 따라 헌신적 내조일 수도 있고 능률적으로 일을 공유하는 부부이기도 했다. 그러나 내조에도 자중자애가 필요했다. 때로는 기다리고 침묵하고 물러나 있는 것이 더 현명한 내조라는 것을 정희는 알지 못했다. 무엇이든 제가 보고 제 손이 닿아야 했다. 남들 보기에 행복한 중에 유철이 우울한 이유였다. 그녀에게 결혼은 배우자의 모든 것을 관할할 자격을 얻는 행위였다. 중학생 때의 하숙 생활을 시작으로 혼자인 것에 익숙한 유철이었다. 그 영향으로 외로움을 그림자처럼 달고 살기도 했다. 아마 그 때문에 늘 자신을 찾던 정희가 싫지는 않았을 거였다. 그러나 결혼 뒤의 지나친 간섭과 밀착 동행은 견디기 힘들었다. 혼자 생각할 시간을 갖고 차분히 처리했던 과거와는 달랐다. 정희의 부부관에서는 그것이 허용

되지 않았다. 같이 생각하고 같이 처리해야 했다. 부부는 숨김없이 모든 것을 함께하는 거였다. 그러므로 잠시의 '혼자'도 용납되지 않았다. 역설적으로 늘 붙어 있는 아내로 인해 혼자일 때보다 더 외로웠다. 사람들은 아내가 곁에 있는 그의 곁을 피했다. 유철은 늘 발목에 긴 끈이 묶인 것 같았고, 저 앞에서 정희가 그 끈의 끝을 잡고 있는 것만 같았다. 제발 좀 놔. 유철은 이혼으로 겨우 끈을 끊었다고 생각했다. 아니었다. 정희는 여전히 꽉 잡고 있었다. 도연도 정희가 올린 글을 확인했을 거였다. 피할 성격이 아니었다. 유철은 도연을 믿고 지켜보는 수밖에 없었다.

"하도연입니다. 늦었습니다."

"애 아빠하고 만난 첫날부터 잤다면서요?"

"잤습니다."

"내 남편이었습니다."

"그때는 그랬습니다. 미안합니다."

"헤어지세요."

216

"그렇게는 못합니다."

곧 정희의 악담이 이어졌다. 도연은 듣기만 했다. 결국 너의 천박한 행동에 나의 남편이 당했다, 식의 진부한 남편 감싸기였다. 왜 아직도 그를 감싸십니까. 우리가 그때 잔 것이 문제입니까, 지금 사랑하는 것이 문제입니까. 정희는 오래전에 끝나버린 부부관계를 도연 탓으로 돌리고 있었다. 현재의 여자를 과거에 앉혀놓고 그때 잡지 못한 머리채를 지금 잡았다. 과거로 돌아가 그 일주일을 삭제한다면 당신이 여전히 그의 아내겠습니까. 사랑이 원체 이기적이어서 나는 당신과 헤어진 그에게 안도합니다. 당신이 나를 싫어하는 만큼 나도 당신이 싫습니다. 당신이 나를 저주하듯 나도 당신을 저주합니다. 하필 당신이 이 남자의 전처라는 것이 끔찍합니다. 전처의 자격으로 그 일주일을 따지는 것은 받아들이겠으나 이별 요구까지는 받아들일 수 없습니다. 우리의 불행이 당신의 행복이면 모를까, 타인의 불행을 기원하며 스스로 불행해지지는 마십시오.

"더 하실 말씀 있으십니까?"

"더러운 꼴 보기 싫으면 교양 있게 처신하세요."

통화를 마친 도연이 휴대전화를 옆으로 치우고 노트북을 켰다. 곧 윈도우 바탕화면이 떴다. 도연이 노트북 복구 솔루션을 작동시켰다. 복구 수준 공장 출시 상태. 하드디스크 포맷. 모니터에 경과를 나타내는 막대그래프가 떴다. 당신은 사랑을 교양으로 합니까. 지금의 행동은 당신의 이혼을 기만으로 보이게 합니다. 당신이 내민 이혼서류에 진정성이 없어 보입니다. 나를 핑계로 그와의 인연을 연명하고 싶으십니까. 그것이 당신의 지독한 사랑일지라도 내 눈에는 좋게 보이지 않습니다. 이 남자가 당신을 동정한다면 그때는 내가 버리겠습니다. 내 남자도 당신의 남자도 아닌 까닭입니다. 나는 당신을 어르고 달랠 생각이 없습니다. 당신에게 고개 숙일 생각도 없습니다. 이별을 남의 탓으로만 돌리는 사람이 나는 싫습니다. 도연의 노트북이 절반의 포맷을 마쳤다. 부지런히 도연의 개인 자료와 이제껏 해온, 앞으로 할 예정이었던 작업 파일들

을 지웠다. 현재가 불행한 과거는 부질없다. 불행한 현재
는 행복한 미래를 기대하기 어렵다. 도연은 완벽하게 텅
빈 노트북에 새로운 지금을 저장하고 싶었다. 도연이 포
맷 경과를 지켜보면서 유철에게 전화했다.

"뭐 해요?"

"혼자 놀고 있어요."

"심심한데 같이 놀아요."

유철이 집 앞에 도착했을 때에도 포맷은 끝나지 않았
다. 도연은 그 상태로 두고 집을 나왔다. 유철이 아파트 정
문 옆에서 차에 비상등을 켜고 기다리고 있었다. 도연이
차에 탔다. 내비게이션 목적지가 남한산성이었다. 산성 안
에 걷기 좋은 길이 있어요. 네에. 유철의 차가 시내를 벗어
나 곧 강변도로로 진입했다. 도연이 문에 기대어 차창으
로 지나가는 차들을 보았다. 유철은 마치 대기라도 하고
있었던 듯 곧장 달려왔다. 분명 자신이 정희에게 전화했
다는 것을 알고 있을 거였다. 도연이 차창에 호오 입김을

불렀다. 전화했어요. 뭐라고 해요? 헤어지라고요. 뭐라고 했어요? 당장 그러겠다고 했죠. 잘했어요. 유철이 옆으로 팔을 뻗어 도연의 어깨를 토닥였다. 그러더니 문득 토닥임을 멈추고 도연아, 하고 불렀다. 이상할 것은 없지만 처음 듣는 호칭이어서 도연이 살짝 놀랐다.

"방금 뭐라고 불렀어요?"

"그렇게 부르면 안 되나?"

"안 될 게 뭐 있어요."

"나는 깍듯한 도연씨보다 그냥 도연이가 더 좋다. 괜찮지?"

"네. 나도 바꿔야지. 유철아, 강변대로를 경운기처럼 달리면 진로 방해다."

"가스나가 말을 놓는 거하고 구박을 구별 못하네. 니 동생이야?"

하하하. 가스나라니. 도연이 박수를 치며 웃었다. 도연은 유철이 성품상 반말을 잘 못하는 줄로 알았다. 중저음 목소리에 존댓말이 잘 맞기도 했다. 그 목소리로 도연아,

하는데 그게 또 그렇게 잘 어울렸다. 가스나라고 할 때는 유철이 더 바짝 다가온 느낌이었다. 니는 내가 좋아 죽겠지? 네. 고만 좀 좋아해라. 유철이 도연의 머리를 마구 흐뜨려놓고 기분 좋게 달려갔다. 미안해서 우물쭈물할 때가 아니었다. 정희가 도연을 정면에 두고 자신의 불행을 주저리주저리 떠들었다. 제 불행의 원인을 도연에게 떠넘겼다. 고질병이었다. 어떤 일의 원인을 다른 이에게 완전히 떠넘김으로써 제 행동을 정당화했다. 내가 이러는 건 네가 그랬기 때문이야. 그녀가 사는 방법이었다. 그 긴 싸움이 아직 끝나지 않은 걸 수도 있었다. 이혼이 유철에게는 종전이었으나 그녀에게는 휴전이었을 거였다. 그녀의 이혼 요구를 항복으로 간주하고 승리에 취해 그만 방심했다. 정희는 그동안 반격을 노렸을 것이다. 그런 중에 튀어나온 일주일이었다. 내연녀. 협박용 이혼 서류를 유철이 덥석 문 바람에 꼼짝없이 해버린 이혼이었다. 내상이 컸을 것이다. 당시 유철은 국회의원이었고 총선까지 앞두고 있었다. 사생활이 흔들리면 안 될 때였다. 정희 나름의 계산으로 절묘한 때 내민 서류였다. 까불면 이혼하겠다는 협박이었던 것이다. 그러나 유철은 그녀와 헤어질 수만 있다면 금배지가 아니라 더한 것도 포기할 수 있었다. 그러니 다시없을 기회를 놓칠 리 없었다. 유철은 그녀의 결정을 받아들였고, 다만 네 의사를 존중했으니 나의 사정도 들어줬으면 한다,고 했다. 바로 있을 국정감사 준비에 영향을 미치지 않을 수준의 신속하고 조용한 이혼. 합의한 내용에 모두 동의하십니까. 네. 법정 판결을 받고 유철이 이혼 신고를 마쳤다. 오랫동안 꿈꾼 이혼이었다. 만일 유철이 이혼을 요구했다면 정희는 결코 동의하지 않았을 것이다. 제 꾀에 넘어간 이혼. 분했겠지. 그래서 다시 해보자는 거야? 그러자. 그런데 전과는 다른 싸움이 될 거다.

유철이 산성 안 야외주차장에 주차를 했다. 그러고는 곧장 행궁길로 들어섰다. 행궁 안으로 들어갈 생각은 없었다. 주위로 난 길이 좋아서 발 닿는 대로 걸었다. 곳곳에 놓인 조각상을 보는 재미도 있었다. 유철은 도연씨를 도연아,로 바꾸더니 곧 더 가까운 애칭으로 연아, 하고 불렀다. 바뀜이 자연스러워 도연도 늘 그렇게 들었던 듯 그러려니 했다. 연아, 여기 괜찮지? 네. 좋게만 지내고 싶은데 덜컥덜컥 일이 터졌다. 도연은 묵묵히 감수했다. 왜냐고 물으면 당신이 예뻐서,라고 했다. 단순한 이유가 오히려 유철을 안심시켰고, 자꾸 예쁘지 않은 모습을 보여서 미안했다.

"힘들지? 조금 견뎌야 하는 사람이다. 미안하다."

도연이 가만히 웃었다. 작정하고 붙으면 한동안은 견디는 것 외에는 달리 방법이 없다. 억지로 떼어내면 떼다가 상처를 입는다. 그러니까 지금은 견디면서 상대를 파악해내는 것이 우선이었다. 불행했던 결혼과 이혼이 원통한 전처가 있다. 전처는 억울하고 전남편은 다행인 기묘한 상황이었다. 도연은 맞지 않는 배우자와 사는 고통을 잘 알고 있었다. 인내와 희생과 포기로도 안 되는 것이 사람이었다. 남들도 다 그렇게 산다. 더한 집들도 그냥 살아. 그 잔인했던 폭언들. 보편화된 불행은 불행이 아닙니까.

남들은 다 감수하는 고통을 자신만 뿌리치는 나약하고 이기적인 사람으로 몰린 듯했다. 그래도 도연의 경우 떠나는 남편의 마지막은 근사했다. 나 그만 싫어하고 행복해라. 도연도 그의 재혼을 진심으로 축하한 이유다. 유철 부부의 결혼 생활이 어떠했는지 도연은 알 수 없다. 어쨌든 함께 사는 것이 힘들 때 헤어졌을 것이다. 그랬기에 유철의 합의 이혼을 다행으로 여겼었다. 어느 쪽의 희생은 있었겠으나 끝내는 이별이라는 결론에 합의를 봤다는 뜻이었다. 그런데 전처가 합의한 이별에 문제를 제기했다. 당시에는 논의의 대상이 아니었던 여자가 있었다. 유철 입장에서는 이스탄불에서 헤어진 여자를 굳이 말할 필요는 없었겠으나, 정희 입장에서는 억울하다면 억울할 일이었다. 그랬기에 도연도 공식 사과와 절필 요구를 받아들였다. 일주일의 대가였다. 더이상은 안 됐다. 원통함은 알겠으나 분노에도 적정선이 있었다. 그녀에게 전남편의 연인 관계에 손댈 권한은 없었다. 그러면 분노가 역류한다. 조강지처의 폭로는 모두 참인가. 조강지처는 취하거나 누린 것이 전혀 없는가. 남편의 희생은 없었는가. 이혼한 전남편의 여자가 하나였든 백이었든 무슨 상관인가. 그런 남자와 헤어진 것에 더 안도해야 할 상황 아닌가. 그런데 정희는 지금 전남편의 과거의 여자로 불행하다. 반면 유철은 과거의 여자와 지금 행복하다. 불행할 것. 똑같이 처참하게 불행할 것. 정희는 도연을 사용하는 것일 수도 있었다. 도연으로 인해 그가 죽든 그로 인해 도연이 죽든 어느 쪽이라도 유철은 불행할 터였다. 무슨 원한인지는 모르겠으나 당신은 이 사람을 죽여야겠고, 나는 살려야 되겠지요. 어쩌면 이 싸움은 당신과 나의 싸움인지도 모르겠습니다. 해보지요, 뭐. 결과가 어찌되든 훗날 돌아보면 이 미친 사랑에 웃음밖에 더 나오겠습니까. 그런 사랑 한번 해보죠, 뭐.

"첫 단추를 잘못 끼웠어요. 우리가 그때 너무 놀아서 놀아야 같이 있을 팔자가 됐어."

"하하하. 정말 원 없이 놀았었다. 그때는 걷는 것도 노는 거였지."

"그 단추 누가 먼저 푸는지 내기해볼까요?"

"나는 버티는 데 이골이 난 사람이야."

"나는 노는 데 이골이 난 사람이에요. 유철씨가 먼저 일한다,에 내 전부를 겁니다."

"진짜? 좋아, 내가 일 시작하면 니 다 내 거다. 알았지?"

"저기 혹시 박사과정 그만둔 거 독해력 부족 때문은 아니었어요? 말의 함의를 이해 못하네. 박사 되기에는 좀 달리는 거 같애. 석사는 확실해요? 학력 위조 같은데……"

유철이 우뚝 서서 도연을 빤히 보았다. 도연이 슬그머니 유철을 피했다. 저 풀은 이름이 뭐지? 이리 와봐라. 시골 사람들은 이런 거 이름 잘 알죠? 여 와보라고. 거북이가 있었구나. 이 가스나! 도연이 서둘러 주차장 쪽으로 걸어갔다.

*

유철과 도연은 창으로 햇살이 쏟아져도 잠에서 깰 줄을

몰랐다. 전날 산성을 다녀온 김에 그와 관련한 영화를 보고, 영화와 관련한 인물들에 대해 이야기하다가 입이 심심해 소맥을 만들어 마셨다. 거기에 배불리 야참을 곁들이고 정신 나갈 때까지 웃고 떠들다 새벽녘에 잠들었다. 그러니 해가 뜨든 말든 수면 경쟁이라도 하듯 숙면 중이었다. 놀랍게도 잠 많은 도연이 먼저 겨우 눈을 떴는데, 머리맡에서 붕붕 울린 진동 때문이었다. 침대머리와 베개 사이에 유철의 휴대전화가 있었다. 김보좌관한테서 온 전화였다. 도연이 유철을 깨웠다. 전화 왔어요. 꺼지라고 해. 보좌관님. 하아. 유철이 그대로 누워 전화를 받았다. 예, 보좌관님. 목소리에 잠이 덕지덕지 묻어 있었다. 김보좌관이 슬쩍 당황했지만 어쩔 수 없었다. 정희가 페이스북에 전날 도연과 통화한 녹음 파일을 올렸다. 그것으로 도연이 마구 짓밟히고 있었다. 예에. 살펴보겠습니다. 김보좌관은 정희를 그대로 두면 안 될 것 같았다. 저를 옹호하는 사람들에게 둘러싸여 함부로 행동하고 있었다. 어쨌거나 자신은 가정을 지키기 위해 인내한 아내였고, 이들은 방탕하게 즐기다 가정을 망친 자들이었다. 가정이라는 숭고한 단어를 앞세워 사람들을 호도했다. 외도는 정신적 살인이므로 정 원하면 이혼한 뒤에 했어야 했다. 너무나도 교과서적인 말이기에 당시 부부의 상태는 판단의 뒷전으로 밀려나 있었다. 이대로 가다가는 또 무슨 일을 벌일지 몰랐다. 그러나 유철은 덤덤했다. 그냥 두십시오. 어떻게 안 되는 사람이잖습니까. 통화를 마친 유철이 전화기를 베개 뒤로 던졌다.

"이번에는 뭐예요?"

"어제 통화한 거 녹음해서 올렸나보다."

"그럴 것 같더라."

도연은 이제 정희를 좀 알 것 같았다. 권리를 징글맞게 누리는 사람. 당연한 권리도 선별적으로 사용하는 것이 미덕이고 염치다. 은폐한 불륜. 나는 괴롭혀도 돼. 피해자로서 전처의 권리를 여봐란듯이 사용하기에 이보다 좋은 사유가 없었다. 정희는 신이 났다. 코앞의 쾌감으로 옆을 볼 줄 몰랐다. 오늘은 어떤 새로운 모욕을 줄까. 싫었다. 도연은 그녀의 놀이에 동참하고 싶지 않았다. 재밌나 보네. 도연이 이불을 걷어냈다. 배고파요. 컵라면 있다. 유철이 주전자에 물을 올리고 컵라면을 미리 뜯었다. 도연이 담배에 불을 붙여 유철에게 물려주고 저도 하나 피우면서 냉장고를 살폈다. 김치 벌써 다 먹었네. 우리는 거의 그대로 남았는데. 니 밥 잘 챙겨 먹지? 예에. 도연이 작은 밀폐 용기를 꺼내 김치통에 남은 김치를 옮겼다. 유철과 도연은 컵라면으로 끼니와 숙취를 해결했다. 유철이 김치를 컵라면에 넣고 잠시 뚜껑을 닫아놓으면 볶음김치 맛이 난다고 해서 도연이 한번 해보았다. 그냥 라면 국물에 담근 김치 맛이었다. 유철이 물이 너무 식은 뒤에 넣어서 그렇다고 했다. 그러면서 새 컵라면을 뜯어 자신의 제조법으로 볶음김치 컵라면을 만들었다. 그것을 도연이 먹어보고는 그저 웃기만 했다. 볶음김치 맛 나지? 하하하. 웃지만 말고 말해봐라, 나지? 볶음김치도 아니고 김칫국도 아니야. 육개장라면이 김치라면이 됐어요. 나는 볶음김치 맛 나는데…… 물을 조금 덜 넣을 걸 그랬다. 그럼 짜서 어떻게 먹어요? 어떻게 해도 웃긴 라면이었다. 한참 웃던 도연이 슬슬 식탁을 정리했다. 어제 컴퓨터 작업하다 말고 나왔어요. 유철이 오피스텔을 청소했다. 간밤에 먹다 남은 치킨과 감자튀김이 탁자에 그대로 있었고, 빈 맥주캔과 소주병도 바닥에 아무렇게 놓여 있었다. 도연은 밤새 쌓인 설거지를 했다. 술 취한 중에도 뭘 그렇게 먹었는지 설거지거리가 수북했다. 유철이 이불을 훌훌 털어 침대 정리도 마쳤다.

"대충 됐으면 나가자. 바래다줄게."

유철의 차가 도연의 아파트에 다다랐다. 아파트 정문 앞으로 사람들이 모여 있었다. 도연이 몸을 숙여 정면을 응시했다. 정문 옆 표지석에 붉은 스프레이로 휘갈겨 쓴 글귀가 보였다. 하도연과 진유철은 지옥으로! 심한 욕설과 성관계를 묘사한 그림도 함께였다. 유철과 도연이 서둘러 주차하고 표지석 앞으로 갔다. 경비원이 멋쩍게 도연과 유철을 맞았다. 인터폰을 해도 받지 않아 한참 기다렸다고. 예에, 하고 도연이 붉은 낙서로 뒤덮인 표지석을 보았다. 끔찍했다. 스스로 만든 지옥인지 세상이 만든 지옥인지 몰랐다. 웅성웅성 키득키득. 표지석 낙서는 이미 다 사진 찍었을 거였다. 그럼에도 몇몇은 도연과 유철을 주인공으로 한 사진을 다시 찍었다. 경비원이 이십대 초반쯤으로 보이는 남녀가 새벽에 낙서하고 도망가는 모습이 정문 CCTV에 찍혔다고 했다. 관리실에서 확인해보라고. 고맙습니다. 가보겠습니다. 도연과 유철이 모인 사람들을 뒤로하고 발길을 돌렸다. 굳이 관리실에서 CCTV를 확인하지는 않았다. 그랬다면 그랬겠지, 하고 엘리베이터 앞으로 갔다. 집으로 들어온 도연이 그대로 현관 신발장에 등을 기댔다. 지독하네, 진짜. 도연이 이를 악 물었다. 정희의 폭로로 도연이 가장 먼저 잃은 것은 딸 인영이었다. 인영은 말없이 짐을 챙겨 외가로 떠났다. 그 상태로 유철을 만났다. 그는 애써 태연하게 행동했지만 그럼에도 그에게서 미안함이 읽혔다. 뭐가 그렇게 미안해요. 지금이 사태가 서로에게 미안한 일이면 첫 만남부터 불행한 거였습니다. 그 일주일은 분명 후회 없이 행복했었다. 그 랬기에 도연은 지금 벌어지는 일들을 감수했다. 그러면서 인영을 기다렸다. 인영을 떠나보낸 것이 아팠지만, 둘의 만남에 후회가 없기에 세상이 한목소리로 나무라도 네, 하고 받아들였다. 인정하고 물러났는데 돌팔매가 시작됐 다. 숨 쉴 틈 없을 만큼 연이은 몰매였다. 그리고 오늘 표지석 낙서와 마주했다. 부부라는 절대 가치를 훼손한 죄. 가엾은 전처를 대신한 응징이었다. 보기 싫다고 해서 모습도 감췄다. 그런 유철과 도연을 정희가 거듭거듭 꺼냈 다. 버리고 나니 아깝습니까. 실수로 버렸는데 그새 누가 가져간 것 같아 분하십니까. 이제 우리가 어떤 사이인지 좀더 정확히 알려드리겠습니다. 당신이 전처로 덤비니 내 가 현처로 막겠습니다.

"유철씨, 아직도 나하고 결혼할 마음 있어요?"

"나만 한 애인급 남편도 없을 거다."

"결혼해요, 우리."

혼인신고로 도연과 유철이 법적 부부가 되었다. 결혼식은 필요 없었다. 당사자들이 서로를 배우자로 승인하면 그만이었다. 김보좌관이 가까운 기자들에게 이들의 결혼을 알렸다. 결혼 소식은 단신으로 다뤄졌으나 이때부터는 내연녀나 내연남이 아닌 아내와 남편으로 표기됐다. 기사 밑으로 달린 험한 댓글들을 유철은 신경 쓰지 않았다. 충분히 예상한 반응이었다. 유철이 상대할 사람은 대중이 아니라 정희였다. 그녀는 고고하게 아내로서 순결했다,고 목소리 높일 자격이 없었다. 난장판이 된 결혼 생활의 한가운데에는 그녀가 있었다. 수업에 관여하거나 답안지에 손을 대는 행동들은 표피적 사안에 불과했다. 그런 경우는 반론이라도 제기할 수 있었기에 제지가 가능했다. 문제는 좋은 남편의 처신을 이용한 행동들이었다. 혼자 집에 있는 아내, 임신으로 힘든 아내, 육아와 살림이 고된 아내를 남편이 응당 챙겨야 했다. 결혼 초기에 정희는 눈물도 많이 흘렸다. 힘든가보다. 그랬기에 유철도 기회가 닿는 대로 동행하며 바깥바람을 쏘이게 했다. 그녀의 우울에는 고의가 섞여 있었으나 유철은 그저 아내의 투정으로 받아들이고 좋게 나아지기를 바랐다. 그러나 일은 전혀 좋지 않은 방향으로 흘렀다. 정희는 저러한 외출을 발판으로 부부 동반을 당연한 일로 굳혔다. 두서없는 막무가내 동행이었다. 학술대회나 포럼은 물론 온갖 경조사나 사사로운 미팅에까지 거침이 없었다. 본 행사장 참석이 어려우면 로비나 복도에서, 그것도 여의치 않으면 차 안에서라도 기다렸다. 늘 남편과 퇴근하는 특이한 전업주부. 유철은 일을 마쳐도 다 마친 것이 아니었다. 아내를 에스코트해서 집까지 가야 하는 일이 늘 남았었다. 물론 부부 동반이 겉보기에 큰 문제는 없는 자리들이었다. 다만, 문제는 없으나 빠져주는 것이 더 나은, 그런 지혜와 아량이 없었다. 어떤 자리는 당사자만의 연대와 소통이 필요한 법이었고, 직접 관계된 사람이 아니면 나누기 힘든 대화가 있기 마련이었다. 아내가 온 것을 문제 삼을 수는 없으나 다른 이들의 빈축을 살 수밖에 없는 상황도 있는 것이다. 정희는 그런 것들을 일절 무시했다. 모든 것을 공유

하는 부부이기에 모든 것을 함께한다,는 태도였다. 사회생활 안 그래도 피곤한데 저런 유철 부부 때문에 동료들은 더 스트레스가 쌓였다. 동료의 배우자는 아무래도 불편하고, 배우자가 옆에 있는 동료 또한 여느 때처럼 대하기 어렵다. 친구가 친구의 배우자가 돼도 불편한 법이다. 그러한데 정희가 툭하면 나타나 천연덕스럽게 기웃거리니 미칠 노릇이었다. 쟤 또 왔어. 진선생은 혼자 화장실도 못 갈까봐 따라다니는 거야? 진선생은 엄마하고 결혼했니? 왜 사회 생활을 부부 생활로 하고 지랄들이야. 쟤들은 부부라는 것에 과한 의미를 부여하는 것 같아. 너무 드러내. 감춰서 드러내는 세련됨이 없어. 누드 수준이야. 그로테스크한 잉꼬부부지. 개인은 없고 부부만 있어. 달갑지 않은 참석자. 저 바닥이 워낙 좁아 정희에 대한 소문은 어떻게든 유철의 귀로 들어왔다. 그럼에도 어쩔 수가 없었다. 정희에게 동행은 겨울이 춥다는 사실처럼 당연한 거였다. 유철도 부부 동반을 기꺼워하는 듯 굴었다. 그래야 정희가 이상한 아내가 되지 않았다. 유철도 그런 아내를 둔 남편

이고 싶지 않았다. 차라리 좋아서 함께하는 잉꼬부부 행
세가 나았다. 눈 돌리는 곳마다 있었다. 누구? 아내입니다.
저분이 아까부터 기다리던데. 아내입니다. 자꾸 사진 찍는
분…… 아냅니다. 진선생 차 안에…… 아냅니다. 무저갱
아내 지옥. 어떻게 버텼을까. 몸담고 산 그때보다 빠져나
와서 돌아보니 더 소름 돋았다. 그랬기에 유철은 정희가
아내가 아님을 명확히 한 이 결혼이 더없이 기뻤다.

*

신혼여행은 유철의 고향으로 왔다. 인구가 매우 적은
지역으로 외곽에 조용한 숲이 있었다. 숲 앞으로 절경의
절벽이 있어 대개의 사람들은 절벽과 그 아래 계곡을 주
로 찾았다. 그나마도 잘 알려지지 않아 휴가철이나 돼야
사람 구경을 할 수 있었다. 계곡을 둘러싼 뒤쪽 숲은 더욱
조용했다. 그 숲 안에 방이 몇개 안 되는 작은 펜션이 있었
다. 유철이 국회의원 시절 혼자 휴가를 지낸 곳이었다. 간

단한 가재도구가 비치돼 있어 일주일쯤은 어렵지 않게 지낼 수 있었다. 서울에서 급한 일을 보고 늦게 출발한 바람에 자정 넘어 도착했다. 짐을 풀고 말고 할 것도 없이 잠이 먼저였다. 도연이 먼저 침대에 누웠다. 유철도 침대 옆 스탠드를 끄고 나란히 누웠다. 그러고는 가만히 말했다. 연아, 자면서 들어라. 그, 사진 있잖아, 거기 호수에서 뽀뽀하다 걸린. 네에. 그게 사실은 내하고 보좌관님하고 짜고 한 거다. 그때 내가 인지도가 좀 부족해가지고…… 으음, 스탠드 다시 켜볼래요? 자면서 들어도 돼. 불 좀 켜보라고요. 아니 그게, 우리 만난다고 자랑하고 싶기도 하고…… 여보? 응? 그런 걸 왜 결혼하고 불어요. 조속하게 이혼당하고 싶어요? 아니. 미리 말했으면 옷이라도 잘 챙겨 입고 나갔을 거 아니에요. 아냐, 자연스럽고 좋았어. 내가 그 사진 지갑에 넣고 다닌다. 몰랐지? 경고하는데, 앞으로는 꼭 상의하세요, 알았어요? 네에. 오늘은 졸려서 봐줍니다. 대신 내가 좋은 선물 하나 줄게. 도연이 고개를 돌려 유철을 보았다.

"뭔데요?"

"언젠가 니가 떠난다고 하면, 아무것도 묻지 않고 보내 줄게."

"와, 내가 결혼은 진짜 잘했구나."

도연이 유철의 팔을 베고 그를 꼭 안았다. 유철도 그렇게 도연을 안았다. 도연과 유철은 그대로 잠들어 피곤한 밤을 포근하고 행복하게 이겨냈다.

이른 새벽, 전날의 여독으로 도연이 정신없이 자고 있었다. 그런 도연을 유철이 깨웠다. 연아, 일어나보자. 왜에. 밥 먹으러 가자. 안 먹어…… 그럼에도 유철은 물러나지 않았다. 이날이 장날이었는데 시장에서 도연에게 꼭 먹이고 싶은 음식이 있었다. 새벽에 먹어야 맛있는 음식이었다. 도연이 마지못해 일어났다. 여간해서는 조르지 않는 사람이었다. 너무 이른 것이 불만이었지만 이유가 있을 터였다. 도연이 비몽사몽 중에 씻고 입고 억지로 펜션을 나왔다. 그래도 훅 끼쳐오는 숲의 공기에 정신이 바짝 들었다. 좋다. 잘 나왔지? 유철이 차에 시동을 걸었다. 담배 피우고 갈까? 가면서. 유철의 차가 펜션을 나와 계곡 옆 구리를 타고 난 흙길을 서서히 달렸다. 도연이 차창을 활짝 열고 담배를 피웠다. 담배 연기에 찬 공기가 섞여 민트처럼 상쾌하게 목으로 넘어갔다. 차창 밖으로 팔을 내밀어 스치는 공기도 느꼈다. 휴가를 맨날 여기서 보낸 거예요? 응. 좋았겠다. 좋았지. 나도 여기 좋아요. 도연이 제가 피우던 담배를 유철에게 물려주었다. 유철의 차가 흙길을 벗어나 포장도로로 들어섰다. 도로 한쪽으로 흰 꽃과 초록 잎이 무성한 예쁜 밭이 넓게 펼쳐져 있었다. 저게 무슨 밭이에요? 메밀밭. 아아. 도연은 메밀밭을 직접 보는 게 처음이었다. 메밀꽃이 얼핏 안개꽃 같았으나 그것보다는 잎이 풍성하게 푸르렀고 꽃도 더 굵직했다. 힘차게 예뻤다.

"메밀밭 좋나?"

"네."

"메밀밭 며느리 자격 있네."

"어머, 저 밭 당신네 밭이에요?"

"아니, 저 앞에 산 보이지? 고 아래에 있다."

도연이 새삼 새로운 눈으로 메밀밭을 보았다. 농사를 지었구나. 도연은 메밀밭도 처음이지만 메밀 농사는 더욱 낯설었다. 메밀밭은 강원도나 제주도에 많다더라, 정도로만 알고 있는 수준이었다. 그랬기에 경남의 메밀밭은 더욱 신선하게 다가왔다.

"근데 저거 예쁘다고 막 들어가서 사진 찍으면 안 된다. 저런 밭에는 아무리 좋은 옷을 입고 들어가도 촌스럽다. 뭘 하면 할수록 촌스러워. 하트 뭐 그런 거 있잖아. 밭이 예쁘면 멀찍이서 찍는 게 나아. 밭에는 농부가 들어가야 어울린다."

밭의 생래가 과시와는 거리가 멀었다. 바지런한 관리와 묵묵한 기다림으로 하늘과 함께 수확해내야 했다. 어느 밭이든 농부의 간절한 염원이 서렸다. 좋다고 함부로 들어가면 안 되는 이유였다. 도연이 이 고장의 밭에서 느낀 위엄도 그것에 기인한 듯했다. 농부와 하늘이 짓는 밭. 밭 때문인지 가로등도 현저하게 적었다. 밤이면 밤만큼 어둡고 낮이면 낮만큼 밝은, 자연의 섭리를 따르는 곳이었다. 도연은 유철의 고향을 제 고향처럼 예뻐하며 가만히 둘러보았다.

유철이 도연을 데리고 간 곳은 팥칼국숫집이었다. 시장 한가운데 네거리에서 식당 골목 쪽으로 들어서면 보이는 첫 가게였다. 장날답게 북적북적했는데 칼국숫집 출입문 양쪽으로도 채소 노점이 죽 있었다. 유철이 노점들 사이에 있는 칼국숫집 문 앞에 섰다. 여기예요? 들어가자. 유철이 문을 열어 도연을 먼저 들이고 저도 곧 따라 들어왔다. 출입문 옆 계산대에 한 노인이 서 있었다. 저희 왔습니다. 왔나. 유철의 인사에 도연이 급히 손을 가지런히 모았다. 노인의 입매가 유철과 무척 닮았다. 유철의 아버지였다. 서울에서 출발하면서 본가에 들를 것은 예상했다. 그래서 얌전한 옷도 준비했는데 본의 아니게 너펄너펄한 치마 차림으로 인사하게 됐다. 메밀밭 며느리에서 순식간에 국숫집 며느리가 된 순간이기도 했다.

"안녕하세요. 이제 인사드립니다."

"멀지? 가 앉아라."

유철의 아버지가 주방으로 갔다. 유철이 도연을 데리고 안 그래도 좁은 식당에서 가장 구석 자리로 갔다. 도연의 마음이 편치 않았다. 시아버지가 주방으로 들어갔는데 며느리가 손님처럼 앉아 있어도 되나 싶었다. 계산대도 비었다.

"어떻게 된 거예요, 메밀밭은?"

"밭은 저기 있다니까. 여기는 우리 식당."

메밀밭은 그의 작은아버지가 맡아서 관리하고 있었다. 유철의 아버지는 청년 시절부터 이 국숫집을 운영했다. 몇년 전 시장에 아케이드를 설치하면서 점포들도 현대식으로 공사하는 바람에 옛 국숫집의 향취는 거의 사라졌다. 그러나 수세미에 수없이 긁힌 대접이나 그림이 벗겨진 양은 쟁반 같은 낡은 주방용품으로 식당의 시간을 어림짐작할 수는 있었다. 얼마 뒤 한 아주머니가 밑반찬과 칼국수를 내왔다. 유철의 안부도 물었다. 우리 의원님 얼굴 좋아지셨네. 각시 잘 얻어서 그렇지요. 도연이 아주머니와 눈인사를 하며 웃었다. 아주머니는 빈 쟁반을 들고 유철의 아버지가 자리를 비운 계산대 앞으로 갔다. 먹어봐. 유철의 말에 도연이 팥죽부터 맛보았다. 준비된 설탕을 더 넣지 않아도 달짝지근 맛있었다. 메밀면이 금방 퍼져 팥죽을 잘 쑤는 게 비결인데, 유철이 아버지만의 황금비율이 있다고 했다. 도연은 메밀면 팥칼국수를 처음 먹는 거여서 아아, 하며 들었다. 달달한 팥죽과 거친 듯 부드러운 메밀면의 조합이 좋았다. 유철이 이유는 모르겠지만 팥칼국수는 새벽이 가장 맛있다고 했다. 역시 왜인지는 모르겠으나 저녁때가 가장 맛이 덜하다고. 맛있으면 그만인 도연은 유철이 그렇다니까 그저 아아, 하고 들으며 한 대접을 싹 비웠다. 면도 팥죽도 남길 것이 없었다. 잘 먹네? 맛있어요. 한그릇 더 할래? 아니, 시장에서 다른 것도 사 먹어야죠. 그때쯤 유철의 아버지가 주방에서 나와 다시 계산대 앞에 섰다. 유철과 도연이 그에게로 다가갔다. 유철의 아버지가 준비한 식혜를 도연에게 내밀었다. 벌써

해 올라서 덥다. 절차도 형식도 모두 무시하고 나타난 며느리였다. 어쨌든 며느리라니까 국수 한 끼 먹여 보내려고 한 것은 아닌지 도연이 잠시 걱정도 했었다. 그러나 식혜를 내주는 푸근한 모습에 살짝 안도했다.

"찬 바람 불면 온나. 그때 메밀이 좋다."

"예에."

유철이 괜히 계산대 모서리를 긁으며 가만히 웃었다.

"니는 뭐 좋다고 실실 웃고 있노? 국숫값 내라."

"달아놓을게요."

유철의 아버지가 손으로 나가라는 시늉을 하고 장부를 살폈다. 유철이 머뭇거리는 도연을 데리고 밖으로 나왔다. 달달한 칼국수로 배가 든든한 아침이었다. 이날은 유독 맛있었는데 아버지가 설탕 대신 꿀을 넣은 것만 같았다. 아버지는 이제 주방에 잘 들어가지 않았다. 유철이 혼자 와도 직접 국수를 말지 않았다. 이날은 특별히 손수 만든 거였다. 아들의 결혼을 축하하는 그만의 표현이었다. 그것을 아는지 모르는지 도연은 시장 구경에 정신이 없었다. 온 길을 또 오고 간 길을 또 가면서도 마치 새로운 길을 보는 눈으로 시장을 누볐다. 유철은 그런 도연을 가만히 따라다녔다. 옛날 팥빙수? 먹을래요? 먹자. 하모회가 뭐예요? 갯장어회. 이게 갯장어구나. 어쩐지 미꾸라지가 되게 크다 했네. 이 붉은 건 감자예요, 고구마예요? 알감자처럼 생겼는데 고구마색이네. 뭐예요? 그건 나도 모르겠다. 감자예. 감자예요? 한 바구니 주세요. 언제 와도 마음 편한 고향 시장이었다.

도연과 유철은 되도록 차를 쓰지 않았다. 주로 숲 근처를 걸어다녔다. 어느날은 찐 감자를 들고, 어느날은 볶음밥으로 주먹밥을 만들어 나왔다. 음식을 들고 나올 때는 숲 안쪽 너럭바위로 가서 먹었다. 제법 큰 바위들 덕에 공터가 생겨 바람도 잘 통했고 아늑했다. 유철이 어릴 적에 친구들과 올라가서 오줌 멀리 누기 시합을 벌였던 바위이기도 했다. 누가 일등 했어요? 당연히 나지, 맨날 보면서도 몰라? 나는 그때부터 실했어. 하하하. 도연은 어린 유철이 놀던 숲에 어른 유철과 함께 있는 것이 좋았고, 그가 나 어렸을 때, 하고 들려주는 이야기도 좋았다. 그때는 내가, 하고 이야기하면 진짜? 안 그래 보여요, 호응하면서 가만히 들었다. 유철이 친구들과 이 숲을 자주 찾은 것은 이곳이 남의 동네였기 때문이었다. 그는 숲 반대편 산자락 아래에 살았다. 맨날 보는 동네 뒷동산보다 남의 동네 숲이 더 재미있었다. 이 동네 아이들과 종종 싸움이 붙으면서도 기어이 놀러 온 이유였다. 그것도 초등학교 때까지였다. 철없는 유년기는 거기에서 끝났다. 중학교부터는 인근 도시에서 다녔다. 학교와 하숙집만 오가는 생활이었다. 좁은 방에서 착실하게 공부만 했다. 그래도 그냥 넘어가는 사춘기는 없다고, 어머니에게 대거리를 한 적도 있었다. 대학이 서울에만 있나! 그때 어머니가 유철을 다잡았다. 꼭 서울에 있는 대학 가라. 너만 잘나고 너만 잘살면 된다. 서울 나가면 돌아오지 마. 곱게 자란 여자 만나서 거기서만 살아. 너는 아버지처럼 살지 마라. 홀어머니에 동생들이 줄줄이 딸린 허름한 국숫집 남자와 결혼한 어머니였다. 국숫집만으로는 생계가 막막해 남의 땅에 농사도 지었다. 살림하며 농사짓고 국숫집을 돌보며 시동생들을 키웠다. 기회가 닿으면 인근 도시로 보내 학업도 이어가게 했다. 유철을 떳떳하게 내보내기 위해 시동생들을 먼저 내보냈다. 그리고 유철이 서울의 한 대학에 입학한 해에 죽었다. 지독하게 일만 하다 죽었다. 그랬으므로 유철은 어머니와의 약속을 지킬 의무와 책임이 있었다. 학업에 전념해야 했고 곱게 자란 여자와 결혼해 잘살아야 했다. 그러나 학업은 박사과정 중에 손을 놓았고 곱게 자란 여자와는 헤어졌다. 묘도 쓰지 말라던 어머니였다. 유골 가루는 인근 바다에 뿌렸다. 그가 국회의원이 되고 조금 여유가 생겼을 때 어머니가 농사지었던 밭을 사들였다. 산자락 아래 메밀밭은 어머니의 생애이고 묘지였다.

유철의 아버지는 사십구재를 마지막으로 아내의 제를 올리지 않았다. 당신도 죽으면 태워서 재는 뒷동산에 뿌리고 제사는 지내지 말라고 했다. 젯밥 먹으러 오는 것도

귀찮고 그리울 이승의 삶도 없을 거라고 했다. 자신을 챙
길 수 없던 삶이었다. 가진 게 없어도 너무 없었다. 그럼에
도 장남을 가장으로 세워놓고 뒷방으로 물러난 어머니와
많은 동생들을 모두 돌봐야 했다. 그 옛날에도 동생 많은
가난한 집 장남과 결혼하겠다는 여자는 흔치 않았다. 자
식이 재산이라고 어머니는 자식 많은 것을 자랑으로 삼았
지만, 그는 한날 다 같이 죽었으면 할 만큼 힘겨웠다. 그런
자신과 결혼한 아내였다. 옹골찬 아내 덕에 밥상의 찬은
늘었지만 그가 어여삐하는 아내는 아니었다. 그저 처지에
맞는 배필이었다. 처지가 그랬으므로 복도 꼭 그만큼인가
보다 하고 받아들인. 아내의 고생이 미안해 딴눈은 팔지
않았다. 가슴에 그리운 사람 하나 없는 인생이 어디 있나.
유철은 혹여 그런 이유로 어머니에게 마음을 주지 못한
것인지 아버지에게 넌지시 묻기도 했었다. 그는 내 사람
이 아니면 속만 상하더라,라고 모호하게 대답했다. 밖으로
큰소리 한번 내지 않고 살았지만 죽어서는 함께하고 싶어
하지 않은 부부였다. 유철의 아버지는 유철에게 너는 나

처럼 살지 말라,고 했다. 처지 따진 결혼으로 인생이 아플 바에 외롭더라도 홀로 살라고. 싫은 사람과 한방 쓰는 고역보다는 차라리 외로움이 낫다고. 집으로 가는 발걸음이 괴로우면 밖에서 무엇을 해도 허무하다고. 진취적인 어머니와 낭만적인 아버지의 바람은 이유는 달랐어도 결론이 같았다. 유철이 그에게 정희를 선보인 날 그랬다. 즈그 엄마하고 꼭 닮은 여자를 데리고 왔네. 그날 그는 국수를 말지 않았다. 주방에서 나와 계산대를 지켰다. 헤어질 이유가 없어 평생 산 부부였다. 서로에게 잘못한 것도 없고 잘한 것도 없는. 왜 그렇게 정이 안 가는지 몰랐다. 누구는 늙으면 그래도 아내밖에 없다고 했다. 그러나 젊어 미운 것이 늙는다고 사라지는 게 아니었다. 미움에 늙음이 붙어 더 흉했다. 그런데 죽은 아내와 며느리가 얼마나 닮았던지 국수 뽑을 기운조차 나지 않았다. 제 눈에는 즈그 엄마가 예뻤나보네. 미운 아내가 미운 엄마는 아닐 거였다. 유철과 정희의 결혼을 반대하거나 정희에게 박하게 대하지는 않았다. 이혼 소식에 우려를 나타내지도 않았다. 알았다,고만 했다. 그런 그가 도연을 보고 웃었다. 도연이 마음에 들어서인지, 아들은 당신처럼 살지 않아서인지는 모른다. 어쨌든 그는 그날 직접 국수를 만들었다.

도연은 너럭바위에 다리를 쭉 뻗고 앉는 것을 좋아했다. 햇살에 데워진 바위는 따뜻했고 바람은 시원했다. 정면에 야생 대나무 덤불이 있는데, 어느날은 그걸 보면서 뜬금없이 유철에게 대마초를 해봤느냐고 묻기도 했다. 동네 친구들이랑 몰래 해봤죠? 서울 가스나 티 내나. 대마초가 대나무 잎인 줄 알았어? 어쩐지 자꾸 여기에 오려고 하더라. 저거 노렸나. 뭣 좀 뜯어다가 같이 뻐끔뻐끔 함 해볼라고? 신접살림을 교도소에서 차리려고 했어? 이거는 순진한 거야, 멍청한 거야. 유철의 말에 도연이 바위를 탕탕 두드리며 웃었다. 그러고는 유철의 얼굴을 꽉 잡고 입술을 앙앙앙 깨물었다.

"아유 예뻐라."

"와이라노 가스나가. 니 언제부터 그거 했어?"

250

하하하! 도연이 한바탕 웃고 바위에 벌러덩 누웠다. 후
련했다. 오래전 이스탄불에서부터였다. 도연은 네에, 그래
요, 그럴게요, 식의 습관적으로 수용하는 그의 어법이 늘
마음에 걸렸었다. 게다가 일상에서 쓰는 말조차 매우 바
르게 구사했다. 어쩐지 강박적이다 싶었는데, 그를 K시에
서 다시 만난 뒤에야 의문이 조금은 풀렸다. 국회의원이
었다. 자신의 말을 무겁게 책임져야 하는 직업이었다. 꼭
해야 할 말만 하는. 흠잡을 데 없이 단정하지만 기계적인.
그렇다 하더라도 의문이 완전히 해소된 것은 아니었다.
그에게는 도무지 털털한 대화라는 게 없었다. 매사 신중
할 정도로 말을 골랐는데 스스로 검열하는 듯했다. 말이
경직됐으므로 행동마저 그러했다. 관찰카메라에 노출된
사람처럼 항시 어떤 긴장감이 몸에 뱄었다. 그도 그런 자
신을 잘 알고 있었고 힘들어했다. 무슨 말을 하려다 말고
허허 웃으며 딴청을 피우면, 그 순간 그가 삼킨 말 때문에
도연도 아팠다. 그거는 그…… 아이…… 허허허. 또래끼
리의 대화에 끼지 못하고 물러나 있는 아이를 보는 것만

같았다. 그는 보통의 말, 보통의 일상, 그런 것을 그리워했다. 도연이 그를 허벅지에 누이고 귀를 파주며 소소한 이야기를 하면, 그는 그제야 몸에 힘을 빼고 그녀의 말을 흡수하듯 음미했다. 아니 내가 원래는 되게 잘하는데, 그날은 밥솥이 미쳐가지고 그런 거예요. 패킹이 잘못됐나봐. 얘가 김을 막 뿜는데 승천하는 줄 알았잖아요. 그걸 인영이 기집애가 콕 집어가지고는…… 그러면 유철이 도연의 허리를 가만히 안기도 했다. 이렇게 해봐요, 좀. 잠깐만 이러고 있을게요. 하나도 안 보이네. 그래서요, 그래서 인영이가 뭐라고 했어요? 그러면 도연이 다시 이야기를 했다. 그러다 유철이 스르륵 잠들면 도연이 그의 머리에 쿠션을 받쳐주고 살며시 몸을 뺐다. 평온하게 잠든 모습이 예쁘면서도 안쓰러웠다. 꼭 직업이 국회의원이어서가 아니라, 그보다 더 전부터 말을 삼키고 스스로를 통제하는 삶을 산 사람처럼 느껴졌다. 자신을 편히 내려놓아도 될 사람이 곁에 그렇게 없었나. 힘들고 외로웠겠다. 도연은 그가 스스로 검열한 말들부터 풀어주고 싶었다. 나한테 해요, 다. 어떤 말이든 괜찮아요. 다행히 내가 말을 먹고 사는 사람이거든요. 도연은 그와 입술을 댄 채 사랑한다 말하고 그의 입속으로 제 혀를 넣어주었다. 그의 혀가 자신의 입속에서 마음껏 움직이게 했다. 혀가 닿는 사이만큼 가까운 관계는 없다. 혀는 상대를 가장 강력하게 거부할 수 있으며 가장 내밀하게 수용할 수 있는 기관이었다. 입술보다 더 깊은, 우리끼리라는 강한 연대감. 그에게 우리라는 안심을 줘야 했다. 유철은 서서히 변화했다. 제법 투정도 생겼고 상대의 말을 유연하게 받아치기도 했으며 점점 능동적으로 변했다. 가스나. 이 별것도 아닌 말이 그의 입에서 나오기까지 얼마나 오래 걸렸나. 신접살림을 교도소에서 차리려고 했어? 니 언제부터 그거 했어? 이토록 가감 없는 대화를 드디어 해냈다. 도연을 그만큼 가깝게 신뢰한다는 뜻이었고, 자기검열에서 자유로워졌다는 의미였다. 예쁘지 않을 수 없었다. 제 안의 아이를 잃은 어른은 노쇠하다. 제 안의 아이를 성장시키지 못한 어른은 미숙하다. 유철은 숲에서 제 안의 아이를 다시 찾았고 한층

성장시켰다. 그런 유철은 청량하게 섹시했다. 그날 밤 도연이 소맥을 많이 마셨다. 좋은 기분에 마셔도 마시는 줄을 몰랐다. 왜 이렇게 많이 마셔? 한잔 마셨잖아. 뭐 계속 한잔이야. 이거 딱 한잔 먹었어, 못 봤어? 말하는 거 보니까 술 다됐네. 나 아팠어. 어디? 내가 여기 아프다고 했는데 당신이 그냥 갔잖아! 언제? 당신이 이스탄불에서 혼자 막 가지고 내가 안녕히 가세요, 그랬잖아! 아팠나? 아팠지 그럼, 봐, 부었지? 어디서 그랬어? 이스탄불이라고 했어, 안 했어? 학력 위조했어…… 아무래도 달려…… 도연이 곯아떨어졌다. 이 문디 가스나…….

느릿느릿 흐르는 시간을 즐긴 여행이었다. 그동안 무엇을 했느냐고 물으면 그저 둘이 있었고 행복했다,라고 밖에는 할 말이 없었다. 마지막 날에는 서울로 출발하기 전에 유철네 메밀밭에 들렀다. 유철이 작은 밭이라고 했지만 실제로는 무척 넓었다. 와, 부자였네. 이 땅은 얼마 안한다. 몰라, 넓으면 장땡이에요. 유철의 어머니가 이 밭으

로 돌봐야 할 시동생 시누이가 일곱이나 됐다. 이들이 훗
날 당신 아들 국회의원 되는 데 큰 밑거름이 됐다. 올케,
형수의 노고에 보답하듯 조카의 선거를 적극적으로 도왔
다. 모든 풀뿌리 학연 지연을 동원해 유철을 K시의 아들
로 확실하게 밀었다. 유철이 거저 재선에 성공한 것이 아
니었다. 어머니의 고된 농사가 결코 헛된 일이 아니었던
것이다. 그런 조카가 스캔들 때문에 사퇴했어도 누구 하
나 험한 말을 하지 않았다. 힘들면 내려온나. 우리가 니들
건사 못하겠나. 유철에게 메밀밭이 특별한 이유였다.

"연아, 이 밭 니 가져라."

"나는 가만히 있어도 금싸라기가 떨어지는 팔자라고
하던데, 이제 뭐 먹고 사나 했더니 메밀밭이 뚝 떨어지네.
어머님 밭이라면서요?"

"내가 샀어. 내 명의야."

"빚 하나도 없이 샀어요?"

"좀 얻었지."

"안 얻은 부분만 줘요."

"그럼 여 내려와서 농사지을래?"

"그냥 안 가질래요."

"왜, 좋다며, 부자 함 돼봐라."

"난 원래 부자 되는 데 관심 없었어요."

도연이 유철을 무시하고 산 아래로 내려갔다.

"여보, 아까 보니까 관심 되게 많은 것 같던데!"

유철이 킥킥 웃으며 따라 내려왔다.

*

　서울로 올라가면서 도연이 어머니에게 전화했다. 저녁
즈음에 도착할 거라고, 차나 한잔 마실 테니 다른 것은 준
비하지 않아도 된다고 해두었다. 그러나 막상 도착해보니
며칠 전부터 준비한 것처럼 정성껏 마련한 음식으로 도연
과 유철을 기다리고 있었다. 어머니는 사위가 왔는데 장
모가 닭 한마리는 잡아줘야 할 것 아니냐고 했다. 식사 전
에 도연과 유철이 어머니 아버지에게 큰절부터 올렸다.

절을 받고도 아버지는 신혼부부를 위한 덕담을 바로 하지 못했다. 심기가 불편했다기보다는 착잡했다. 그 난리 통에 부부가 되어 찾아왔다. 험한 꼴을 당해서 피골이 상접한 모습으로 나타날 줄 알았는데 어디서 잘 쉬고 온 얼굴들이었다. 뻔뻔한 것인가 씩씩한 것인가. 아버지는 처음 대면한 유철을 주의 깊게 살폈다. 사진이나 영상으로 본 것보다는 더 듬직해 보였다. 제법 단단하고 절개도 있어 보였다. 눈빛이 부드러운 듯 곧아 고집은 세도 뒤로 그릇된 행동은 하지 않을 인상이었다. 아직은 좀더 지켜봐야겠지만, 최근에 벌어진 일들만 아니면 기꺼이 맞아들였을 사위였다. 도대체 내가 전생에 무슨 죄를 지었기에 사위 놈들이 하나같이 이 모양인가. 전의 놈은 일을 벌이고 와서 딸을 달라고 하더니, 이놈은 아예 일을 끝내고 와서 딸을 가졌다고 통보하네그려. 전에는 허락을 할 수밖에 없는 상황이었고, 이번에는 허락이 무색한 상황이었다. 이놈이 더 독하네. 그래, 돌아가는 꼴을 보니 니들 둘이 독하게 사랑해야겠다.

"밥 먹자."

식사하는 동안 인영은 한마디도 하지 않았다. 유철과 도연을 피하지는 않았으나 반기지도 않았다. 할아버지 할머니의 딸이고 사위니까 인사하러 왔고, 자신은 그분들과 함께 살고 있으니 예의를 지킨 것뿐이었다. 실망으로 화가 나 있었고 그 속에는 깊은 절망도 들어 있었다. 왜 꼭 그래야만 했나. 왜 꼭 그런 사랑을 했어야 했나. 자식이 받는 상처보다 그깟 사랑이 먼저였나. 인영은 엄마가 인터넷으로 검색되지 않는 아이들이 세상에서 가장 부러웠다. 멋대로 아빠가 된 사람의 이름마저 인터넷 여기저기를 떠돌아 다녔다. 차라리 거짓말이라도 하지. 날 위해서 그쯤은 해줄 수 있었잖아. 그렇습니다. 맞습니다. 그렇게 다 인정해버리면 나는 어떡해. 내가 어떻게 해야 해? 그럼에도 불구하고 나를 낳아주신 고마운 분입니다, 하고 받아들여야 해? 인영은 자괴감으로 친구들과 어울리기도 힘들었고, 재미있던 것들과 좋았던 것들, 맛있던 것들이 다 쓰리게 느껴졌다. 아무것도 하고 싶지 않았다. 너는 네 인생을 사는 거야. 이런 일이 생겼다고 해서 네가 못할 일은 아무것도 없어. 지금은 너무 힘들어서 못할 뿐이야. 괜찮다. 할머니는 그렇게 말했다. 가슴에 심지처럼 든든하게 박혔던 사람이 빠져나갔는데, 좋은 일이 생기면 제일 먼저 알리고 싶고, 그런 일에 제일 먼저 기뻐하길 바란 사람이 빠져나갔는데 어떻게 괜찮나. 가족이라는 게 멋대로 살면서 상관하지 않고 각자 자기 일만 하면 되는 거였나. 어른들은 그래요? 부모가 누군지 제일 먼저 따지는 사람들이 어른들 아닌가요? 우리는 아무것도 한 것이 없는데 부모 때문에 손가락질 받고 따돌림도 당한다고요. 그런데도 괜찮아요? 나는 하나도 안 괜찮아요. 인영은 학교가 끝나면 집으로 와서 책만 읽었다. 읽지 않고 보기만 하는 독서였다. 그것들은 문장이 아니라 한자 한자의 음절들일 뿐이었고, 인영은 막 글자를 배우는 아이처럼 뚫어지게 볼 뿐이었다. 아무것도 할 수 없는 상황에서 할 수 있는 유일한 행위였다. 그리고 이날 도연과 유철을 만났다. 서로 아무것도 묻지 않았고 아무것도 대답하지 않았다. 밥만 먹고 갈게, 밥만 먹고 가세요, 식의 무언의 말만 오갔을 뿐이었다. 그 랬는데 유철이 집을 나서기 전에 인영의 방에 노크를 했 다. 잠깐 얘기 좀 할 수 있을까? 도연이 찾을지도 모르겠 다는 예상은 했는데 정작 노크한 것은 유철이었다. 인영이 문을 열어주고 침대에 걸터앉았다. 유철도 옆에 앉았다.

"실망시켜서 미안하다."

인영은 말없이 읽다가 엎어둔 책에만 눈을 고정했다.

"기다릴게. 미우면 오지 않아도 되는데, 언젠가는 같이 지냈으면 좋겠다."

"아빠는 맘대로 낳고 떠났는데, 아저씨는 맘대로 아빠 가 돼서 같이 지내자고 하네요."

"법적으로는 그렇게 됐지만, 니가 받아줄 때까지 기다 릴게."

"끝까지 안 받아주면요?"

"아프겠지."

인영은 입을 꾹 다물고 고개를 창문 쪽으로 돌렸다. 더는 들을 말도 할 말도 없다는 표시였다. 유철이 일어났다. 갈게. 유철이 인영의 방을 나와 가만히 문을 닫았다. 도연이 현관 신발장에 기대어 그를 기다리고 있었다. 유철이 도연을 보고 가볍게 웃었다. 도연이 고개를 살짝 끄덕였다. 짐작 가는 아픔이 있는 방에서 짐작 가는 대화를 나눴을 터였다. 도연이 인영에게 문자메시지를 남겼다. 엄마 갈게. 미안해. 그래도 같이 밥 먹어줘서 고맙다. 또 보자. 물론 답은 받지 못한 메시지였다. 도연과 유철이 집을 나왔다.

*

말 많고 탈 많았던 지방선거가 끝났다. 모두에게 어려운 선거였지만 예상대로 여당의 압승이었다. 그간의 사건 사고 이슈도 사그라지는 양상이었다. 선거의 이모저모를 살펴보는 기사에 유철이 언급되면 악플이 달렸지만 전과 같지만은 않았다. 유철과 도연이 모든 것을 내려놓고 모습을 감췄고, 민감한 시기에 나온 정희의 폭로를 여전히 석연찮게 보는 시선이 많았다. 사라진 사람들을 끈질기게 언급하는 정희에게 도리어 눈살을 찌푸리기도 했다. 전남편의 배신이라고는 하나 도연만 물고 늘어지는 인상이 강했다. 갔다면서요? 갔습니다. 정희가 이 통화 녹음 파일을 페이스북에 올렸을 때, 도연은 온갖 욕설로 만신창이가 됐었다. 누가 저년 좀 안 죽이냐,는 글이 올라올 정도였다. 그 무렵 누군가 도연의 아파트 표지석에 붉은 낙서를 했다. 정희의 페이스북이 술렁이게 된 계기였다. 왜 하도연네야? 공동 주택인데 너무하잖아. 대중이 군중 심리가 있다고 해서 이성까지 잃는 것은 아니었다. 지나친 처사까지 옹호하지는 않았다. 이 사람도 어지간하네. 그만큼 내려놨으면 됐지 뭘 더 바라는 겁니까? 고 일주일 가지고 되게 물고 늘어지네. 자기가 이혼하자고 했다며. 전처가 이 정도면 본처일 땐 볼 만했겠어요. 대중이 쥔 돌이 슬슬 정희 쪽으로 방향을 돌리기 시작했다. 겁을 먹은 정희가 페이스북을 닫아버렸다. 얼마 뒤 유철과 도연의 결혼 기사가 떴다. 웨딩사진 한장 없는 기사였다. 혼인신고를 마쳤다고만 짧게 밝혔다. 충격이었다. 정희는 만나자마자 잠자리를 갖는 사람들에 대한 고정관념이 강했다. 충동적인 만남은 충동적인 이별로 귀결돼야 했다. 쾌락은 사랑이 아니었다. 그러니 작은 시련에도 곧 헤어질 관계라고 믿었다. 그런데 결혼을 해버렸다. 정희는 도연이 이해되지 않았다. 제법 이름을 알려 잃을 것이 많은 사람이었다. 그럼에도 겁 없이 유철을 택했다. 그 남자 눈을 똑바로 봐. 그 차갑고 비열한 눈동자를. 그 지독한 인간 혐오를. 그는 타인을 믿지 않았다. 고루 친절하게 대하는 것으로 자신을 감췄다. 그의 언어가 틀에 박힌 이유였다. 표현하는 문장과 단어가 한정됐다. 어떤 경우에도 준비된 말 이상은 하지 않았다. 아내에게라고 다르지 않았다. 그에게 결혼은 집에서 하는 사회 생활이었다. 아내 역시 고루 친절하게 대하는 누군가 중 하나였고 혐오의 대상이었다. 알고 있었다. 친절은 드러냈고 혐오는 감췄기에, 감춘 것은 모르는 척했고 드러낸 것만 취했다. 자기 친절에 발목 잡힌 그를 보며 쾌감을 느끼기도 했었다. 막아봐, 어디. 싫다고 해봐. 못하지? 그럼 아내를 사랑하는 남편으로 국으로 살아. 그 모습 네가 만든 거야. 날 보고 웃고 날 위해 노래하고 춤 춰. 나만이 너의 행복이라고 떠들어. 너 때문에 불행한 날 그렇게라도 받들어. 친절한 남편답게. 날 이렇게 만든 것도 너니까. 그럼에도 남편이기에 기대를 완전히 저버리지는 않았었다. 미움과 연민이 함께였다. 그러나 그는 결국 친절의 가면까지 벗어던졌다. 사람의 온도가 그토록 차가울 수 있다는 것에 소름이 돋을 정도였다. 그랬던 그가 아내가 아닌 여자와 몸을 섞었다. 그냥 한번 잔 여자가 아니라, 사랑이라고 했다. 그 일주일은 그래서 용서가 안 됐다. 절망적일 만큼 비참한 아내를 팽개치고 떠난 남편이 그곳에서 사랑을 했다. 아무렇지도 않게. 이들이 침대에서 서로를 안고 있을 때, 정희는 홀로 이혼 서류를 안고 있었다. 두 장면이 겹쳐 떠오를 때마다 정희는 견딜 수가 없었다. 그런데 유철이 그 상대와 결혼까지 해버렸다. 그리고 사라졌다. 너는 사람도 아니야. 행복할 자격 없어.

정희가 매달릴 사람은 김보좌관뿐이었다. 그는 이들의 행방을 알고 있을 테고, 모른다 해도 찾자면 찾아낼 수 있는 사람이었다. 그러나 그는 끝까지 입을 다물었다. 만나 주지도 않고 전화도 받지 않았다. 정희가 방송 출연을 해서라도 둘의 결혼 생활을 방해하겠다는 협박 메시지를 남긴 뒤에야 겨우 전화했다.

"모른다고 말씀드렸잖습니까."

"알고 있잖아요. 바뀐 번호라도 알려주세요."

김보좌관은 유철을 보좌한 몇달 만에 이 부부의 상태를 눈치챘다. 쇼윈도우 부부. 먼저 아는 티를 내진 않았다. 국회의원의 배우자라는 것이 무엇을 하자고 들면 천지가 일거리지만, 아무것도 하지 않으려 들면 가만히 있어도 별탈이 없는 자리였다. 국민들이 배우자의 행방까지 신경 쓰는 일은 드물었다. 지역구 관리 차원으로 봉사 활동이나 지역 행사에 적극 참여하는 배우자도 있으나 당시 유철은 비례의원이었다. 게다가 부부 상태가 저러한데 굳이 김보좌관이 나서서 정희의 일정을 잡을 필요가 없었다. 말 많은 정치판에서 잦은 내외 동행은 구설수에만 올랐다. 정계 진출 욕심인지 퍼스트레이디 증후군인지. 특정 장소도 적시의 감각적 동행이 아니면 지지자들도 달가워하지 않았다. 보기 좋은 것도 한두번이다. 배우자 예우 차원으로 앞에서는 웃어주지만 그들이 정작 원하는 것은 의원 당사자다. 배우자가 공적 인물도 아닌데 태연하게 자꾸 보이면 피로감만 쌓였다. 사사로이 동행을 일삼으면 일부러 함께 다니면서 당신의 여보에게 권력을 실어주려는 것처럼 보여 거슬리기만 했다. 부부의 권력 공유인가. 하나 뽑아줬더니 둘이 누린다는 비난을 피하기 어렵다. 배우자라는 이유만으로 특정인처럼 특정 자리를 차지하면 무임승차로 보일 뿐이었다. 유철은 일과 가족을 철저하게 분리했다. 의원 신분으로 나서는 길은 때와 장소에 상관없이 공적 자리로 해석했다. 누가 자연인 진유철을 어느 대폿집으로 부르지 않은 까닭이었다. 그런 자리라면 일부러 시간 내서 나갈 일도 없었다. 유철 곁에는 늘 보좌진과 수행원, 일과 관련한 관계자들뿐이었다. 사람들이 공적 자리에서 사적 배우자를 의식하게 하지 않았다. 김보좌관이 난처했던 것은 정희의 일정 보고 지시였다. 집에서도 유철의 세세한 일정은 꼭 챙겼다. 보고 요구는 점점 심해졌는데 보고서에 누락되거나 변경된 일정이 발견되면 책임을 따져가며 몰아붙였다. 상황에 따른 변경도 받아들이지 않았다. 유철의 수행비서에게 수시로 문자메시지를 보내 그의 위치를 파악했고 사진으로까지 확인했다. 지금 어딥니까? 몇시에 이동해요? 도착했어요? 참석자들은? 전체 사진 보내세요. 수행비서의 입을 단속시키는 것으로 보아 유철은 전혀 모르고 있는 것 같았다. 이럴 때 총대는 김보좌관이 메야 했다. 수행비서가 스트레스로 심각하게 이직을 고민할 정도였다. 그 때문에 김보좌관이 늘 팩스로 보내던 일정 보고서를 유철에게 직접 건넸다. 의원님, 오늘 팩스가 잘 안 들어가는데 좀 전해주시면 안 될까요? 예에. 그뒤로 정희의 지시는 싹 사라졌다. 정희가 그 일을 뒤늦게 따지기도 여러번이었다. 일은 제가 벌여놓고 잘못되면 자신을 피해자로 전환했다. 억울한 사람을 더 억울하게 만드는 몰염치한 행동이었다. 그런데 그 버릇을 여전히 못 고치고 뻔뻔하게 그의 거취를 묻고 있었다. 유철의 거취를 그녀에게 보고할 일이 아니라, 그녀의 이런 행동을 유철에게 보고해야 할 일이었다. 김보좌관이 혀를 찼다.

유철과 도연은 백기를 든 것이 아니었다. 잠시 물러난 것뿐이었다. 유철이 정희의 폭로에 어떤 맞불도 놓지 않은 것은, 도연이 나쁜 아내에 대한 반발이나 대체가 아닌 까닭이었다. 그저 거기에 그녀가 있었고 사랑했다. 괜한 말로 도연을 훼손할 까닭이 없었다. 정희의 불륜 폭로 또한 그간의 해명으로 끝낼 수도 있었다. 통화 내역서만 봐도 둘은 주민들과의 만남 행사 전후로 연락을 주고받은 것으로 나왔다. 정희가 직감으로 그때를 눈치챘어도 심증이 물증을 이길 수는 없었다. 통화 내역서를 근거로 이스탄불에서는 우연히 만났다,는 해명을 밀고 나가도 됐다. 그러나 유철은 다른 선택을 했다. 정희가 폭탄을 터뜨렸을 때 그대로 맞았다. 떠들썩한 소란에 그 일주일을 던져 산산조각 냈다. 맞습니다. 대중이 수군대지 않고 대놓고 떠들게 했다. 이왕 터진 일, 정희가 일주일을 평생의 약점으로 잡지 못하도록 한 조치였다. 대중이 던진 돌을 고스란히 맞았고, 그들의 명령을 충실히 따랐다. 그렇게 사랑하면 다 내려놓고 어디 구석에서 조용히 살아. 그런데 정희가 자꾸 그들을 불러냈다. 피로감을 느낀 대중이 사안을 되짚기 시작했다. 진유철이 왜 그랬을까? 전처도 좀 이상하지 않아? 정희가 절제하지 못한 모습을 계속해서 보여준 결과였다.

"혜승 엄마, 이제 남 일 신경 쓰지 말고, 당신 앞가림이나 하세요. 남이면 남답게 살라고요. 앞으로 연락하지 마세요, 알겠어요?"

"남 일? 남답게? 애가 죽어도?"

"……지금 협박하시는 겁니까?"

"자신이 누군지 잊지 말라는 거예요."

"끊겠습니다."

김보좌관이 서둘러 통화를 마치고 녹음을 종료했다. 통화가 길어지면 대화에 군더더기가 붙었다. 그녀의 남은 말을 차단해야 했다.

김보좌관이 통화 녹음을 근거로 그녀의 집으로 경찰을 보냈다. 사건은 만들기 나름이었다. 정희는 제 입으로 해서는 안 될 말을 했다. 저 말의 의미를 선수 쳐 비수로 만들어야 했다. 오래 기다린 기회였다. 아이의 목숨이 위험하다. 가까운 경찰을 통한 까닭에 조치도 빨랐다. 경찰 급파는 좋은 그림이었다. 경찰도 증거를 내민 신고를 무시할 수 없었다. 전 국회의원 아내의 난동이었다. 세상을 떠들썩하게 한 인사였다. 가만히 있다가 일이라도 생기면 엄청난 비난을 감수해야 했다. 미리 경찰 몇을 보내 상황을 살피는 것이 나았다. 그녀에게 남은 무기, 혜승. 천륜을 쥐고 있었다. 아이를 떨어뜨려야 했다. 아둔한 사람. 가만히 쥐고만 있어도 평생 위력이 될 수단들을 알량한 객기로 모두 잃게 되었다. 정희는 세상이 동정할 때 멈췄어야 했다. 안타까움이 없는 것은 아니었다. 곧 그녀에게 닥칠 일들이 미안하기도 했다. 그러나 그렇다고 해서 앞길 틀어막고 있는 방해물을 방치할 수도 없었다. 경고를 했음에도 버티고 있으니 강제로 끌어낼 수밖에. 당신만 가만히 있었으면 아무 일도 없었어. 하나 받을 것을 둘로 요구하면 이미 받은 하나마저 빼앗기게 마련이었다. 정희는 그것도 모자라 고개 숙인 자들을 짓밟았다. 대중의 손을 타버려 그들의 박수에 눈먼 탓이다. 저를 옹호만 할 땐 선한 제 편이었다. 우물 안 명사가 되어 번쩍번쩍 손 흔들며 명성을 즐겼다. 싸움을 부추기는 사악한 환호도 구분하지 못했다. 잘한다, 잘한다, 하니 제 잘난 듯 함부로 행동했다. 정치는 이 양반이 하네. 꼴에 의원 사모님이었다고 어디서 나쁜 것만 배웠어. 혀를 차고 돌아서는 대중들도 있었건만 그들은 외면했다. 벼락 명성의 부작용이었다. 남의 언덕에 기댄 명성은 오래갈 수 없다. 정희의 언덕은 유철과 도연이었다. 이들이 언덕 역할을 하지 않으면 정희의 존재도 무너졌다. 그러니 악착같이 붙잡아야 했다. 비

난 그리고 비난. 이제 이 비난이 방향을 돌려 정희에게로
갈 것이다. 제가 겁 없이 기댔던 언덕이 어떤 존재들이었
는지 곧 깨닫게 될 것이었다. 유철이 성품상 거부를 못하
고 웃어넘기는 사람이라면 곁에서 알아서 배려해야 하는
데, 옳다구나 내 남편이로구나 꽉 쥐고 마구 누리다가 부
부 관계가 그 지경이 된 거였다. 유철은 질릴 대로 질렸는
데도, 정희는 관성처럼 누리려 들다 가정이 파탄 난 거였
다. 그럼에도 아직까지 그 관성이 남아 유철이 저를 거부
할 수 없다는 오만으로 그 난리를 피운 것이다. 저런 사람
이 등을 돌리고 손에 칼을 쥐면 얼마나 잔혹해지는지를
정희는 전혀 모르고 있었다. 당신은 이제 관통당할 일만
남았어. 김보좌관이 휴대전화에 유철의 전화번호를 띄우
고 통화 버튼을 눌렀다.

*

유철과 도연은 터키 남서부 데니즐리의 한 작은 집에서

여름을 나고 있었다. 단출한 살림으로 현지인인 듯 방랑자인 듯 지냈다. 터키의 여름은 무척 뜨거웠다. 시원한 수박으로 수분을 보충하고 이뇨 작용으로 화장실 드나들기를 반복했다. 여보, 당신 아주 어린 수박 본 적 없지? 나 어렸을 때 우리 옆의 군에 수박밭이 많았어. 거기로 서리를 갔는데 가보니까 막 나온 애기 수박이 있는 거야. 되게 예쁘다. 내가 그걸 몇개 따와서 창에 걸어놨어. 박처럼 말리면 되는 줄 알았거든. 근데 다 썩어버린 거야, 하하하. 말하는 것에 재미를 붙인 유철이 노상 떠들었다. 그러면 도연이 그의 입술을 꽉 잡았다. 이 수다쟁이, 비즈 엮는 거안 보여요? 입 좀 다물어요, 입 좀. 뽀뽀해주면. 아이 귀찮아. 도연이 툭 입을 맞춰주면 유철은 잠시 얌전하게 있다가 다시 말을 걸었다. 근데 여보, 요 머리들은 왜 다 안 묶고 기생충처럼 길게 뺀 거야? 기생충…… 당신, 이리 와! 더위가 너무 힘들면 가까운 파묵칼레로 갔다. 석회층을 타고 흐르는 물이 몸 어디에 좋다고 하는데, 도연과 유철은 그런 것까지는 신경 쓰지 않았다. 고인 물에 수영하듯 몸을 담그고 돌아와 달게 잤다. 이때는 한국어·터키어·영어 사전과 본토 소설책을 놓고 둘이 되는대로 번역해가면서 읽었다. 번역이 맞든 틀리든 책장은 한장 한장 넘어갔다. 우리 제대로 읽는 거 맞지? 틀리면 새 소설 하나 쓰는 거죠, 뭐. 나 옛날에 소설가였잖아. 니 지금도 그런 것 같은데. 내까지 소설가 된 거 같애, 어, 개선되다,였네. 오스만은 작업 환경이 개선되길 원했다. 조금 더, 혹은 이보다 더. 이보다 더, 비교급. 그러던 중에 김보좌관의 전화를 받았다. 혜승 엄마 상태가 좋지 않습니다. 혜승이부터 격리시켰습니다. 아이의 문제가 걸렸다. 다른 것은 생각할 겨를이 없었다. 유철이 곧장 서울로 떠날 채비를 했다. 도연은 일단 터키에 남기로 했다.

"여기는 신경 쓰지 않아도 돼요."

"전화할게."

유철이 호출한 택시를 타고 공항으로 출발했다.

유철이 도착할 때까지 김보좌관이 상황을 지휘했다. 경

찰 둘이 정희의 집 앞을 지켰고, 김보좌관은 학교 앞에서 혜승을 챙겼다. 신속한 조치였다. 곳곳에 있는 김보좌관의 정보원들 덕이었다. 그가 흘린 정보로 기자들이 속속 경찰서로 연락했다. 자극적인 제목을 단 기사들도 속보로 올라왔다. 진 전 의원 급히 귀국 중. 아이 목숨으로 전남편과 흥정? 소란이 커져야 사안도 커진다. 전 의원이라지만 유철의 영향력도 남아 있었다. 경찰은 정희에게 경고하고 아이는 보호 조치 하겠다고 통보했다.

"당신들이 무슨 짓을 하고 있는 건지나 알아요?"

"친권자의 요청이 있었습니다."

"친권자라니요?"

"아이 아빱니다."

이혼할 때 유철의 유일한 요구였다. 다른 건 다 원하는 대로 해. 친권만 줘. 내가 외동이라서 그래야 한다. 워낙 보수 지역 사람이라 이해되는 측면이 있어서 정희도 그러자고 했다. 그렇게 넘긴 친권자의 권리를 이런 식으로 사용하고 있었다. 정희는 난데없는 소동에 속수무책이었다. 저희도 어쩔 수가 없습니다. 그들은 차분히 말할 기회조차 주지 않았다. 차분히 말할 기력도 없었다. 알았으니까, 나가주세요. 그러고는 소파에 가만히 누웠다. 두려움과 서러움에 한기가 들어 몸을 웅크렸다. 사람이 이렇게 허무하게 죽을 수도 있구나. 전화 한통을 순식간에 난동으로 만들어버리는 저들이 소름 끼쳤다. 대단한 실력 행사였다. 정희는 사람들이 왜 자신을 미워하는지 알 수가 없었다. 과거부터 늘 가만히 있는 자신을 괴롭혔다. 단지 유철 옆에 있었을 뿐이었다. 당신들이 무슨 자격으로 나를 비난해. 내가 내 남편 옆에 있는 건데. 당신들은 당신들 일 하면 되잖아. 내가 뭘 했기에 내게만 손가락질을 해. 그들은 아내를 방치한 남편은 감싸고 그 때문에 힘든 정희만 나쁜 아내로 몰았었다. 아내 몰래 외도하고 그 상대와 결혼까지 한 남자가 아이마저 빼앗아 갔다. 그런데도 기사에는 자신이 악으로 표현됐고, 공권력은 어쩔 수 없다는 핑계로 그의 편에 섰다. 내가 뭘 했는데. 내가 한 무언가를 대봐. 다 썼었어. 지독했다. 익히 알고 있었으나 생각보다 더 지독했다. 유철은 표정 하나 바뀌지 않고 사람을 나가떨어지게 했다. 사람들이 제 편이 될 때까지 미련할 만큼 친절을 유지해 정희를 결국 나쁜 아내로 만드는 것에도 성공했다. 제 손에 피 한방울 안 묻히고 사람을 죽였다. 당하면서 죽이는 사람. 지금까지 당하는 것만 본 사람들이 그를 안타까워하며 대신 정희를 죽였다. 그래, 너 그랬었지. 그걸 깜빡했네. 나쁜 새끼. 너는 나쁜 놈 중에서도 가장 나쁜 놈이야.

유철이 야간 비행으로 다음 날 도연의 아파트에 도착했다. 터키로 떠나기 전 지역구의 아파트와 잠실의 오피스텔을 정리하고 꼭 필요한 것들만 이곳으로 옮겼다. 돌아와 쉴 곳이 있어야 어디를 다녀도 든든하다는 도연 어머니의 충고에 그녀의 아파트는 정리하지 않았다. 아파트는 어머니가 오며 가며 손봤다. 우편물을 챙기고 빈집에 쌓이는 먼지를 청소했다. 언제라도 돌아와 편히 쉴 수 있도록 관리를 소홀히 하지 않았다. 그 집에 김보좌관과 혜승이 먼저 도착해 유철을 기다리고 있었다.

"아빠."

"아들, 잘 지냈어?"

유철은 혜승에게 현재 상황을 차근차근 설명했다. 벌써 아홉살이었다. 부모의 난장판 싸움을 모를 리 없었다. 유철은 그것에 대해 진심으로 사과했다. 미안하다. 그리고 엄마가 많이 아픈 것 같다고, 그래서 아빠와 지내야 한다고 했다. 아줌마도 와? 올 거야. 혜승이 말없이 고개를 숙였다. 어린 아들의 어쩔 수 없는 수용이었다. 혼란스러울 아들의 심정은 알겠으나 유철도 더는 물러날 수 없었다. 정희는 생모의 품위를 잃었다. 과거에는 남편으로 자신을 증명하려 했고, 이제는 아들로 존재를 증명하려고 들었다. 니가 늘 그랬지. 내 아들이라고. 내 아들 때문이라고. 그래, 이제 내 아들 내가 거둔다. 나와 관련한 어떤 것도 남기지 않을 테니 너는 너로만 살아라. 너 때문에 희생한 나. 그런 나를 책임져야 할 너. 그녀는 늘 무언가를 했다. 했으므로 희생이었고 그러한 자신을 유철이 책임져야 했다. 아내에게 농락당하는 기분이었다. 너 때문에 어쩔 수 없이,가 아니었다. 자신 때문에 신나서,였다. 그의 일에 끼어들어 간섭하는 것에 우쭐했고, 늘 곁에 있음으로써 그의 절대적 존재로 행세하는 것에 희열을 느꼈다. 아내라는 자격으로 저지른 만행이었다. 희생이라는 단어를 그녀에게 두면 안 됐다. 그것은 자신의 행위를 즐긴 그녀가 아니라 그런 그녀를 묵묵히 감수해야 했던 유철에게 두었어야 옳았다. 이거 누가 건드렸어? 내가. 유철이 힘든 기색을 보이면 곧 눈물을 글썽였다. 내가 결혼하자고 했니? 너는 아내의 행복을 책임질 의무가 있다,는 항변의 눈물이었다. 아내의 자격을 잃었으니 이제 그녀가 내밀 카드는 생모의 자격이었다. 내가 죽겠어서 너를 죽인다. 동정도 바라지 마라. 나는 너를 만난 나를 동정한다. 언젠가 내게 물었었지. 가장 행복했던 때가 언제였느냐고. 너 없을 때. 니가 없었던 모든 날들이 그랬다.

　유철이 혜승을 직접 챙겼다. 수업이 끝나면 같이 외식

도 하고 장을 보기도 했다. 함께 시간을 보내면서 혜승이 바뀐 생활에 적응할 수 있도록 도왔다. 혼자 있을 시간을 충분히 주며 생각할 수 있을 만큼 생각하게 하고, 아파할 수 있을 만큼 아파하도록 했다. 그리고 혜승이 묻는 질문에는 솔직하게 대답했다.

"아빠는 엄마가 싫은 거지?"

"그래."

"그런데도 엄마는 아빠를 좋아해?"

"그건 잘 모르겠다. 아마, 아빠가 좋아하지 않는 방식으로 좋아하는 걸 수는 있겠지."

"아빠가 좋아하는 방식으로 좋아하면 다시 엄마랑 살 수도 있어?"

"아니."

"왜?"

"아빠가 좋아하는 사람은 아줌마거든. 아줌마도 아빠를 좋아하고."

이혼과 재혼이 부당한 행위는 아니나 자식에게는 상처

였다. 이혼 전 '부정한' 행위가 논란이 됐으므로 딱지도 앉지 않은 상처를 긁어버린 꼴이었다. 불시에 난 상처로 혜승은 겁을 먹고 당황한 상태였으며, 인영은 마음을 닫고 고개를 돌린 상태였다. 그렇다고 무작정 회피하고 도망칠 수도 없었다. 모든 상황을 받아들이고 더 악화되지 않도록 조치를 취하는 게 우선이었다. 그런 뒤에 자식들의 이해를 기다려야 했다. 끝내 이해받지 못해도 감수해야 했다. 그때까지도 상처가 아물지 않은 까닭일 테니까. 유철이 지금 할 일은 정희를 깔끔하게 정리하는 거였다. 그녀가 다른 사람들의 삶을 더 엉망으로 만들지 못하도록 해야 했다. 스스로는 멈출 줄 모르는 사람이었다. 그러니 유철이 직접 그녀의 목을 쳐야 했다. 유철이 혜승을 맡는 동안 김보좌관이 매체를 움직였다. 그의 제보를 바탕으로 정희의 정신 상태를 진단하는 방송도 등장했다. 전문가들의 소견은 대체로 비슷했다. 아이의 안전과 행복이 가장 중요하다. 정희의 심각한 이혼 후유증을 지적하기도 했다. 방송에는 김보좌관이 제보한 통화 녹음 파일도 반복해서 재생됐다. 애가 죽어도? 애 아빠 하기 나름이겠죠. 듣기에 따라 협박 같기도, 절실함 같기도 했는데 진행자들이 협박에 힘을 주니 그렇게 들렸다. 애 목숨을 거는 엄마가 세상에 어딨어. 진유철 재기 가능할까요? 조금 쉬었다가 나오겠죠. 절필한 하도연만 불쌍하게 됐네. 진짜 피해자는 하도연이었어. 정희가 두서없이 아이 목숨을 입에 올린 것이 패착이었다. 아이는 우선적으로 보호해야 할 대상이었다. 아이를 건드리면 어떤 부모도 용서받지 못했다. 정희한테는 터무니없는 상황이었지만, 그녀를 마냥 두둔하는 사람은 거의 없었다. 정희가 기자에게 심경을 털어놓아봐도 대중의 반응은 무덤덤했다. 안타까운 심정은 알겠으나 아이를 돌보기에는 적합하지 않은 엄마로 판단됐다. 그런 반응에 흥분한 정희가 또다른 기자를 찾아 협박으로 오인될 욕설과 죽음을 암시하는 막말을 퍼부었다. 그 바람에 그녀의 감정 조절 능력을 의심하는 사람이 많아졌고, 유철은 가족들을 위해 법원에 접근금지가처분 신청을 했다. 정희가 어떻게 움직이든 유철은 기다렸다는 듯이 칼을 휘둘렀다. 그녀를 향한 동정 따위는 일절 없었다.

유철은 정희에 관해서는 끝까지 함구했다. 전처분의 이상 행동이 과거에도 있었습니까? 현재는 어떤 상태입니까? 치료 중입니까? 유철이 인정도 부정도 하지 않음으로써 모든 것이 강한 예스,가 되었다. 그가 차마 밝힐 수 없는 어떤 사정을 다른 사람들이 대신 추측했고 그럴 가능성이 높은 것으로 결론지었다. 오래전 정희의 집착적 동행을 증언하는 지인들도 등장했다. 지독한 의부증이나 스토커 수준으로 따라붙었던 정희 때문에 유철이 늘 힘겨워 보였다고. 소위 식자층 사람들이 신분을 밝히고 한 생생한 증언들이어서 파급이 컸다. 그 때문에 유철의 이혼을 다행으로 보는 시각도 있었다. 그후 정희와는 단 한번 만났다. 혜승의 짐을 가져와야 했다. 정희는 다 내려놓은 사람처럼 의외로 차분하게 유철을 맞았다. 혜승의 짐도 미리 챙겨두었다. 유철이 그것들을 들고 나가려는 순간 물었다. 내가 뭘 그렇게 잘못했니? 유철이 잠시 멈칫했으나 대답은 하지 않았다. 말없이 그녀를 떠났다. 그것이 마지막이었다. 너라서 그랬겠지, 너라서. 이별의 원인은 정희의 잘못이라기보다 정희 본인일 거였다. 싫다. 그보다 더한 이별 사유는 없었다. 잘못을 밥먹듯 해도 그녀가 싫지않았더라면 헤어지지 않았을 것이다. 싫은데도 사랑을 강요해서 더 싫은. 싫은데도 들러붙어 사랑이라고 우겨서더 싫은. 니가 누구냐고? 싫은 사람. 말해봐, 내가 널 왜 책임져야 하는지. 한때의 배우자라서? 그럼 너는 한때의 배우자였던 날 어떻게 책임질 건데. 너는 너 스스로 책임져라. 그것이 태어난 자의 의무다.

*

부부는 언제나 함께해야 한다는 것이 정희의 부부관이었다. 응당한 가치관이었고 그녀에게는 무소불위 신념이었다. 지방 특강이라도 있으면 신념에 따라 함께 내려가함께 숙소에서 잠을 청하고 함께 특강 장소로 이동해 강의를 마치면 함께 집으로 돌아왔다. 유철이 어떤 일로 잠시 집을 비운다고 해서 그녀가 떨어지는 일은 없었다. 제발 숨 쉴 틈을 줘. 그럼에도 유철은 일에 중독된 사람으로 살았다. 집에 있다는 건 아내에게 감금된 거였다. 그러는 동안 정희는 남편에게 중독된 아내처럼 따라다녔다. 유철의 외출을 모르고 있었는데 그가 나가면 대충 외투만 걸치고서라도 달려나왔다. 그러고는 보조석 앞 거울을 내리고 서둘러 립스틱을 발랐다. 그때마다 유철은 핸들을 움켜잡고 차를 어디에라도 박아버리고 싶은 충동에 시달렸다. 그렇게 나온 정희는 그가 만나는 관계자와 함께 인사하고 조금 떨어져서 그를 지켜보았다. 환각제에 취한 듯 헤죽헤죽 웃으며. 그 얼굴이 불특정 다수의 사진 속으로 속속 들어갔다. 거기에 있음으로 인해 그곳의 풍경이 되었다. 고의적일 만큼 잘 보이는 곳에 서서 스스로 배경이 되었다. 신념에 따른 행동이 아닌 행동을 위해 내세운 작위적인 신념. 그럼에도 묵묵히 함께 다닌 것은 그녀를 공개함으로써 그녀를 확인시키기 위해서였다. 그들이 아내를 목격하게 해야 했다. 눈 밝은 누군가가 그녀를 막아주기를 간절히 바랐다. 그것은 사랑이 아니라고 멈추라고. 그러나 기대는 절망으로 돌아왔다. 그들은 이미 정희를 파악하고 있었다. 떨어져서 보는 그들의 눈은 냉정했다. 과대망상에 빠진 아내의 집착. 그것도 사랑이라고 넙죽넙죽 받아주는 남편. 정희를 어떤 범주를 벗어난 사람으로 여겼으므로 아예 손댈 생각조차 하지 않았다. 그들 역시 유철처럼 그냥 두었다. 치덕치덕 달라붙는 아내. 그래도 이해하고 맞춰가며 살았어야 했을까. 누가 누구에게 무엇을 어떻게. 살면서 나쁜 일만 있지는 않았을 거였다. 어떤 일은 같이 좋아하고 기뻐했을 것이다. 그러나 그것은 살면서 발생한 단편적인 모습이지, 그런 일도 있었다고 해서 그녀가 달리 보이는 것은 아니었다. 정희는 그때도 지금도 견딜 수 없을 만큼 싫은 사람이었다. 그 결혼이 네 인생의 전부였는지는 모르겠으나 내게는 삶의 일부였고 환부였다. 이제 널 도려낸다. 네가 꼭 쥐고 있는 한때 부부라는 이력은 내가 이미 폐기한 이력이다. 내 생에 너는 더 없다.

혼자 한 사랑이었다. 정희도 알고 있었다. 유철이 자신을 외면하지는 않았으나 사랑은 아니었다. 좋아하는 정도. 그래도 괜찮았다. 청혼할 만큼 자신을 좋아하는 남자를 사랑하는 것이 행복했었다. 역시 아내를 다 받아주는 남편. 행복하지 않을 수 없었다. 그러나 그 행복은 오래가지 않았다. 부르면 언제든 왔으나 먼저 오지는 않았던 남자가, 아내는 다 받아주면서 자신은 내주지 않는 남편이 되었다. 외로웠다. 투명하게 텅 빈 그의 눈동자를 마주보기가 두려웠다. 이 남자 속에 나는 없다. 그런 아내가 행복할 리 없었다. 정희는 그의 눈동자에 자신이 차길 바랐다. 바짝 다가갈 때마다 튕겨져 나왔지만 노력했다. 정희 곁에는 아무도 없었다. 그녀가 유철만 봤으므로 오로지 그밖에 없었다. 나만큼 널 사랑하는 사람은 없어. 그러니까 너도 나만 봐. 그럼에도 유철의 눈동자는 변함이 없었다. 오히려 정희를 회피했다. 옆에서 무엇을 해도 앞만 보았다. 마치 정희라는 이름을 가진 타인의 일처럼 방관했

다. 남편에게 받는 모욕이나 진배없었다. 비참했다. 정희
가 현실을 외면한 이유였다. 그가 그렇다면 타인들이 규
정하는 사랑이라도 강제해야 했다. 잉꼬부부. 우리는 사
랑하는 거야, 그렇지? 아니면 아니라고 말해. 당연히 그런
일은 벌어지지 않았다. 유철은 언제나처럼 친절하고 무심
하게 정희를 내버려두었다. 쟤야? 직업이 남편동행가라는
애가? 저 아줌마가 남편 일하는 데를 어디 마트 가는 수준
으로 따라다니신다. 세상에 연수원 세미나에서까지 볼 줄
이야. 지가 왜 여길 오니? 지가 되게 특별한 사람인 줄로
아는 거지. 당연히 와도 되는. 사실은 지가 늘 주인공인 거
야. 자기애 인격장애 수준이다. 그런 면도 있겠는데, 내가
보기에는 의부증 같다. 저런 애들 의외로 밖으로는 되게
밝은 척해. 오버하고, 다른 여자들한테 더 무던 척하고. 저
렇게 헤죽헤죽 웃으면서. 근데 잘 보면 계속 남편 근처에
있어. 존재 강조지. 끊임없이 공표해. 아내. 자기가 남편의
명찰이고 신분증이야. 그런 식으로 남편을 꽉 옭아매고,
동시에 타인들한테도 경고하는 거지. 내 남편 건들지 마

라. 야, 우리가 그 말만은 피했는데…… 뭘 피해? 치료해
야지. 남편도 가만히 있는데 뭘. 니들도 너무한다. 저게 가
만히 있는 거냐, 견디는 거지. 우울하잖아. 아내 의부증이
면 꼼짝도 못해. 지 눈으로 보면서도 의심한다. 피가 마르
지. 남편도 다 알걸? 모르는 척하느라 이중고를 겪는구나.
저거 99.999퍼센트 확률로 의부증이야. 세미나 진행이 잠
시 멈춘 동안 근거리의 정희를 두고 토론하듯 떠들었다.
당신, 사람들이 그러는 거 알고 있었어? 나는 상관없어.
괜찮아. 그렇구나. 그는 아내가 정신병자 수준으로 몰렸음
에도 괜찮다고 했다. 어떻게 그게 괜찮니. 그래, 그럼 나도
괜찮아. 우리는 잉꼬부부잖아. 악착같이 함께 다녔다. 그
럴수록 악담도 신랄해졌다. 스토커였어. 우리나라 부부 스
토커 인정되나? 부부 강간은 인정되지. 스토커가 아내가
된 거야. 어디에든 꼭 있어. 소름 끼쳐. 듣겠다. 들으라고
해. 몸소 정체를 드러내시니 소감을 내놓은 거야. 진실은
단순해. 스토커가 접근해서 결혼까지 한 거야. 쟤들 하는
말은 다 똑같아. 너무 사랑해서. 그러니 어디든 자기 거 있

는 곳에 당연히 주인도 있는 거지. 도망칠까봐. 훔쳐갈까
봐. 미친 거지. 결국 정희가 무너졌다. 유철은 아내를 외부
로부터 전혀 가려주지 않았다. 아예 밖으로 내던졌다. 그
래, 가자. 응. 와. 정희가 사랑받는 아내의 가면을 벗었다.
집단의 야유에 흘러내렸다. 거짓이잖아, 너. 유철도 좋은
남편의 가면을 벗었다. 흘러내린 아내의 가면을 위로하지
않았다. 알고 있었잖아.

그런 그가 여자를 만났다. 유명세와 달리 함께한 사진
은 거의 없었다. 그녀를 직접 언급하지도 않았다. 그녀를
그녀의 상태 그대로 두는, 자신의 개입으로 그녀를 흐리
지 않는, 지독한 사랑이었다. 그 사랑, 내가 끝내줄게. 일
주일. 성공을 의심하지 않았다. 대중은 내연녀가 아니라
조강지처 편이었다. 그런데 이 내연녀가 너무 지독했다.
피해자로 빠져나갈 기회가 있었음에도 공범을 자처했다.
이혼 직전에 만났다는 사실로 도덕적 잣대에서도 슬며시
비껴났다. 사실상 남이었을 때의 연인. 피해자일 수도 있

는 그녀가 모든 것을 내려놓음으로써 동정도 얻었다. 불륜은 둘에게 치명적인 그물이었다. 그런데 도연이 동정으로 그물을 찢고 나와 유철을 구출하고 방생했다. 일주일은 둘을 잡는 그물이 아니라 예민한 구역에 놓인 지뢰였다. 유철과 도연은 절대로 밟지 않았다. 일주일의 억울함을 조금이라도 토로했더라면 대중의 정서상 괘씸죄로 둘이 죽었을 것이다. 이들은 그대로 시인하고 물러났다. 그것을 정희가 겁 없이 밟았다. 징글맞게 물고 늘어지는 전처. 가만히 두었어야 했다. 그것이 이들을 평생 고개 숙이고 살게 하는 방법이었다. 무섭다, 너. 그게 사랑인가보다. 사랑 앞에서는 어떤 짓에도 가책을 느끼지 않는. 아니, 느껴지지 않는 거겠지. 이제는 나도 네가 싫다. 너의 미친 사랑에 더는 다치고 싶지 않아. 행복해라. 너 위선적인 거 그 여자 아직 모를 테니 네 마지막 거짓말 잘 숨기고. 그래 거기에서 만났다고 하자. 설마, 네가 몰랐겠니. 집에도 그 여자 책이 있었어. 네가 어떤 위인인데 모르는 여자하고 함부로 자. 넌 분명히 알아봤어. 뒤탈이 없을 거라는 확신으

로 잔 거야. 맞지? 들키지 마. 그 여자 너만큼 무서운 여자
니까. 갈게. 문득 생각나도 찾지는 않을게. 아주 갈게.

*

유철이 다시 세상으로 나왔다. 당 지도부와 면담도 가
졌다. 의원직은 사퇴했으나 출당 조치는 없었으므로 당원
자격으로 정치 활동을 재개했다. 세상이 동정으로 다시
호명하는 지금 모습을 드러내야 했다. 미적거리면 잊힌
다. 유철은 다음 출마 지역을 제 고향으로 잡았다. 물러난
지역보다 더욱 험지였지만 그의 정치 인생은 언제나 그랬
다. 이제라도 고향으로 내려가 기반을 닦아둬야 했다. 거
칠고 지저분한 논란도 대충 정리됐다. 옳고 그름의 판단
은 대중의 몫이었다. 유철이 고향으로 내려가는 것을 확
정하고 도연에게 전화했다.

"소설은 다 썼나?"

"공동 저자가 사라져서 다 못 끝냈어요. 그냥 맨날 자."

"마무리는 내가 하지 뭐. 보니까 내한테도 소질이 있는 것 같애. 근데 그거 마무리는 아무래도 내 고향에서 해야 할 것 같다."

"내가 뭐래. 우리는 일하면 떨어진다니까. 주말 부부 되겠네. 여기 정리되는 대로 잘 챙겨서 갈게요. 나도 서울 가서 만나 볼 사람들이 있어요. 일 시작해야죠, 슬슬."

"소설 다시 쓰려고?"

"내가 잘하는 게 소설만 있는 줄 알아요?"

"많지."

"잘 아네."

"오면 잘하는 거 내하고 먼저 하기다."

"그 전에 당신부터 전부 받고."

"나?"

"내가 그랬잖아, 당신이 먼저 일 시작한다고. 당신이 졌어. 내놔요, 전부."

"아아, 그거. 가스나야, 전부를 건 거는 너지. 나는 아무것도 안 걸었어. 니는 예지력은 좋은데, 기억력도 나쁘고

지가 한 말의 함의도 잘 모르는 거 같애. 작가였던 거 맞아? 대필 같은데……"

"여보?"

"응?"

"당신 목숨이 몇개 되나봐?"

"아니. 가져 다. 안 그래도 오자마자 주려고 했다. 사랑합니다."

기분 좋은 통화였다. 궂은일을 마무리할 동안 조바심 내지 않고 기다려준 도연이었다. 장수의 아내가 장수와 함께 전장에 나가야만 운명을 같이하는 것이 아니다. 장수가 전투에만 집중할 수 있도록 전쟁터에서 멀리 떨어져 있는 것이 현명한 아내다. 피가 낭자하는 한복판에 아내가 서 있다면 장수는 아내의 목을 먼저 쳐야 한다. 장수의 아내는 적의 집중 표적이며 그녀를 호위하느라 아군의 전력만 손실된다. 비록 막사에서 병사들의 밥을 챙긴다 한들 도움이 되겠는가. 밥을 푸던 병사들이 주걱을 내려놓고 그녀를 보위해야 한다. 어리석은 내조를 목도하고도 어화둥둥 내 사랑 손 놓고 있으면 그는 장수의 갑옷을 벗어야 한다. 제 목숨뿐 아니라 아군 전체가 몰살될 수도 있음이다. 큰일은 미련한 사사로움이 망친다. 도연은 그것을 잘 알고 있었다. 싸우러 나가는 유철을 웃음으로 배웅하고 저는 남아 기도했다. 남편을 전쟁터로 내보낸 아내. 떨어져 있어도 같이 싸우고 같이 견디는 것이다. 유철은 아내에게 승전보를 알릴 수 있어서 기뻤다. 도연이 귀국하면 각자의 일을 하면서 또 그렇게 사랑할 것이다. 그러면서 남은 숙제를 함께 해야 했다. 여전히 혼자 아파하고 있는 인영을 기다려야 하고, 엄마가 아닌 사람을 엄마로 맞아야 하는 혜승과도 같이 지내야 했다. 그러면서 또 상처를 줄 수도 있고 또 상처를 받을 수도 있었다. 그럼에도 견뎌야 하는 일이었다. 아니 이미 모두가 견디는 중이었다. 아내가 도연이라서 다행이라고 안도하던 차였다. 이 신뢰가 어디에서 오는지는 유철도 몰랐다. 누군가 왜냐고 묻는다면 그의 대답은 빤할 거였다. 내 아내니까. 이제는 자신이 아내를 기다릴 차례였다. 한참 전부터 보고 싶었다.

안똔 체호프의 단편 「귀여운 여인」의 주인공 올렌까는 사랑이 많은 여자였다. 그녀의 첫번째 남편은 한 공연장의 주인이었는데, 그를 사랑하면서 말투도 남편처럼 변했고, 그에게 들은 대로 예술에 대해 논했으며, 배우들 연습에 끼어들고 악사들을 감독하며 공연장 곳곳을 누볐다. 남편과 함께하는 모든 것이 행복한 올렌까. "난 당신이 얼마나 좋은지 몰라요." 그런데 단원모집 차 잠시 떠났던 남편이 집으로 돌아오기 며칠 전에 돌연 사망한다. 슬픈 올렌까. 다행히 목재상 남편과의 재혼으로 슬픔은 곧 사라진다. 이제는 목재상 남편과 자신을 동일시하는 사랑으로 집에서든 밖에서든 늘 함께 했다. 남들 보기에도 행복했다. 그러나 이 남편 역시 어느날 감기로 시름시름 앓다 죽는다. 비통한 올렌까. 물론 이 비통함도 오래가지는 않는다. 아내와 별거 중이던 건넌방 수의관과 좋은 관계가 되어, 역시 또 그와의 일심동체의 삶으로 행복을 되찾는다. 그랬는데 그가 연대와 함께 떠나버린다. 사랑 없는 삶이 공허하기만 한 올렌까. 그대로 시간이 흐른 뒤, 아내와 화해한 수의관이 아들과 함께 돌아온다. 올렌까는 자신의 집을 이들에게 기꺼이 내준다. 수의관 부부 대신 소년도 애지중지 돌본다. 굉장한 정성으로 일거수일투족을 관리한다. 이 짧은 이야기는 소년의 거친 잠꼬대로 끝난다. 두고 보자! 저리 가! 그만해! 이 소설은 타인에게만 기대는 주체성 없는 자의 쓸쓸한 이야기일까, 비록 그것이 사랑일지라도 도착적 집착은 죽음과도 같은 고통이라는 호소일까.

당신인가 싶으면 곧 따라 들어오는 당신의 '올렌까', 언제 어디에서든 당신과 나와 우리를 지켜보는 당신의 '올렌까'. 돌연 사라져버린 올렌까의 그들이 당신에게서 겹친다. 꿈결에도 악에 받쳐 소리친 그 소년이 당신에게서 보인다. 상대를 옭아맨 사랑은 가짜다. 가짜에 미혹되어 무기력하게 끌려가는 당신이 아프다. 애써 현실을 외면하는 당신의 눈동자가 서럽다. 신랑은 신부를 아끼고 사랑하며 비가 오나 눈이 오나…… 어쨌거나 그런 맹세를 했으므로 그렇게 살아야 하는 체념의 삶. 스스로 종 된 자. 그럼에도 당신이 사랑이라고 하니 그대로 믿겠습니다. 만일 그것이 최선인 상황이라면 이 소설이 위안이 될 수도 있겠습니다. 진정으로 당신을 위한 행복을 기원합니다. 사랑합니다.

이 작품을 하면서 제가 복이 참 많은 사람인 것을 실감했습니다. 잡지에 연재를 하기 전부터 같이 염려하고 따뜻한 조언을 주신 분들 덕에 무사히 원고를 마칠 수 있었습니다. 연재는 처음 해보는 거여서 무척 떨렸지만, 손 꼭 잡고 함께 가주는 분들이 곁에 있다는 생각에 힘을 낼 수

있었습니다. 더불어 이지영씨와 한인선씨에게도 마음을
전합니다. 시작과 마무리를 당신들과 함께해서 행복했습
니다. 이 작품이 책으로 완성될 때까지의 긴 여정을 함께
해주신 창비 가족 모두에게도 제 마음을 담아 깊이 감사드
립니다. 고맙습니다.

2019년 봄

김려령

일주일

초판 1쇄 발행/2019년 5월 15일
초판 4쇄 발행/2019년 7월 26일

지은이/김려령
펴낸이/강일우
책임편집/한인선
조판/한향림
펴낸곳/(주)창비
등록/1986년 8월 5일 제85호
주소/10881 경기도 파주시 회동길 184
전화/031-955-3333
팩시밀리/영업 031-955-3399 편집 031-955-3400
홈페이지/www.changbi.com
전자우편/lit@changbi.com

ⓒ 김려령 2019
ISBN 978-89-364-3437-3 03810